Jo Pestum

Die große Adventsverschwörung

Ein Weihnachtskrimi in 24 Kapiteln

Achtung!

Dies ist ein Weihnachtskrimi in 24 spannenden Kapiteln! Er funktioniert wie ein Adventskalender: Jeden Tag vom 1. bis zum 24. Dezember kannst du ein „Türchen", das heißt also ein Kapitel, öffnen. Am besten du nimmst dazu ein Lineal oder einen Brieföffner. Probier's gleich mal aus!

Jo Pestum
studierte Malerei und arbeitet als Schriftsteller sowie als Film-, Funk- und Fernsehautor. Er zählt zu den bekanntesten deutschen Kinder- und Jugendbuchautoren.

Weitere Weihnachtskrimis in 24 Kapiteln von Jo Pestum im Arena Verlag:

Eine diebische Weihnachtsbescherung (Band 60263)
Die falschen Rauschgoldengel (Band 60148)
Die Jagd nach dem Weihnachtsgespenst (Band 60037)
Gefährliche Spur im Weihnachtswald (Band 6960)
Eine böse Weihnachtsüberraschung (Band 6732)
Die Christbaumräuber (Band 6249)

Weihnachtsspuk um Mitternacht (TB 50484)
Die Lamettabande (TB 50409)
Die gestohlenen Weihnachtsgeschenke (TB 50644)
Die Weihnachtsmarktdetektive (TB 50422)
Die geheimnisvollen Engel (TB 50408)
Die gefährlichen Schneemänner (TB 50390)
Der Weihnachtsmann im Tannenbaum (TB 50389)
Drei Könige auf Abwegen (TB 50388)
Das verschwundene Christkind (TB 50265)
Die rätselhaften Nikoläuse (TB 2260)

Jo Pestum

Die große Adventsverschwörung

Ein Weihnachtskrimi in 24 Kapiteln

Mit Bildern von Carmen Hochmann

Arena

1. Auflage 2018

Einband- und Innenillustrationen: Carmen Hochmann
Gesamtherstellung: Westermann Druck Zwickau GmbH
ISBN 978-3-401-60379-7

Besuche uns unter:
www.arena-verlag.de
www.twitter.com/arenaverlag
www.facebook.com/arenaverlagfans

1. Dezember

Das Geheimversteck der Musketiere

Wie von selbst fand Julians rechter Fuß Halt in dem Schlitz in der Mauer. Mit einem kräftigen Ruck zog er sich hoch zwischen seine Freunde Maik und Carlo. Zusammen ließen die drei eine Weile den Blick über das weite Gelände auf der anderen Seite der Mauer schweifen, während ihnen der Wind um die Ohren wehte.

Das verlassene Gewerbegebiet war übersät von Ginsterbüschen und Dorngestrüpp, dazwischen erspähte man Eisenträger, Dachbalken und Gebäudestümpfe – Überbleibsel von dem Plan, das Gewerbegebiet in ein großes Einkaufszentrum, umgeben von Bürotürmen, zu verwandeln. Wochenlang wurden mehrere kleine Geschäfte leer geräumt, die sich nicht mehr halten konnten wegen der Konkurrenz, die näher am Stadtzentrum lag, oder der Onlineshops. Dann rückten Kräne mit Abrissbirnen und gewaltige Schaufelbagger mit Planierraupen an und begannen mit dem Abriss.

Doch dann wurden die Arbeiten auf dem Gelände plötzlich eingestellt und die Maschinen rollten zum nächsten Auftrag. Was aus dem Plan des Einkaufszentrums geworden war, wusste niemand.

Im Sommer hatte die drei Freunde die Abenteuerlust gepackt und der Wunsch herauszufinden, was sich hinter der hohen Mauer verbarg. Also hatten sie Schlitze in die Mauer geschlagen, sodass sie darüberklettern und das Gelände unter die Lupe nehmen konnten. Dabei waren sie auf ein Gebäude gestoßen, das einmal eine Werkstatt enthalten hatte und nicht vollständig abgerissen worden war. Die vordere Hälfte der Werkstatt war noch unberührt und schien nicht einsturzgefährdet zu sein.

Das perfekte Versteck, fanden Julian, Maik und Carlo und trafen sich seitdem regelmäßig nach der Schule hier, wenn sie keine Lust hatten, zu Hause vor der Konsole rumzuhängen, oder ihre Eltern wieder klagten, dass sie zu viel Zeit vorm Fernseher und dem Computer verbrachten.

»Meine Tante kommt über Weihnachten zu Besuch. Wahrscheinlich muss ich ständig zu Hause hocken und mir lahme Geschichten über meine älteren Cousins und Cousinen anhören«, erklärte Julian und sprang auf der anderen Seite der Mauer hinab.

Seine Freunde taten es ihm nach und zusammen liefen sie auf ihr Geheimversteck zu.

»Das geht aber nicht! Morgen sind Weihnachtsferien, denk doch mal dran, was wir alles machen wollten!«, rief Maik. »Wer will die Ferien bitte mit alten Verwandten verbringen?!«

Julian murmelte etwas Unverständliches vor sich hin. Ginge es nach ihm, würde er die Ferien auch lieber rund um die Uhr mit seinen Freunden verbringen. Seit Jahren waren sie unzertrennlich, die dicksten Kumpels. *Einer für alle, alle für einen* war ihr Leitspruch, wie bei den drei Musketieren. Die Filme von den Abenteuern der Degenfechter fanden Julian, Maik und Carlo so klasse, dass sie sich vor zwei Jahren zum Schulkarneval als Porthos, Aramis und Athos verkleideten. Ihre Mitschüler nannten sie seitdem spöttisch »Die drei Musketiere«, was den Jungs aber so sehr gefiel, dass sie sich ab da an selbst so bezeichneten. Und die verlassene Werkstatt war ihre Basis.

»Schweinekalt!«, brummte Carlo, stieß die Tür zur Werkstatt auf und ging zielstrebig auf die Mitte des großen Raumes zu, wo mehrere Baumstämme um ein großes Gefäß mit Brennholz herumstanden. Einen Augenblick später knisterte ein warmes Feuer in der Mitte und die drei Freunde setzten sich dicht davor, um sich zu wärmen.

»Gibt leider einige, die wegen Weihnachten total gefühlsduselig werden und Zeit mit der Familie verbringen wollen. Wird wahrscheinlich eh total ruhig sein über die Feiertage. Also kein Fall für uns. Außer der Grinch taucht auf und stiehlt die

Weihnachtsgeschenke.« Trotz seiner schlechten Laune musste Julian bei dieser Vorstellung grinsen.

»Hätte ich tatsächlich nix dagegen«, meinte Maik und starrte in die zuckenden Flammen. »Ein bisschen Action wäre toll. Aber von meinen Geschenken sollte er besser die Finger lassen«, fügte er hinzu und lachte. Seine Freunde stimmten mit ein.

»Die selbst gestrickten Socken von deiner Oma will er garantiert nicht, mach dir keine Sorgen«, erwiderte Julian, der dank schneller Reflexe rechtzeitig den Kopf einzog, als Maik eine Schraube vom Boden aufhob und nach ihm warf.

»Wenn er dir *deine* klaut, werde ich dir garantiert nicht helfen.« Maik sah seinen Kumpel finster an. Kurze Zeit später musste er aber grinsen.

»Bevor Julians Tante sich bei ihm einnistet, haben wir noch ein paar Tage. Also lasst uns hier nicht nur so rumhocken, sondern arbeiten!« Carlo klatschte in die Hände und sprang auf.

Draußen lag feiner Pulverschnee am Boden, Fußballspielen schied also aus. Perfektes Wetter aber, um in ihrem Versteck herumzuwerkeln. Im Sommer hatten sie das Gelände ausgiebig untersucht und zwischen dem nicht entfernten Schutt geeignete Teile für ihre geplante Sprungschanze ausfindig gemacht. Wenn sie sich ranhielten, konnten sie im Frühling mit dem Bau der Rampe fertig sein und dann konnten sie mit ihren Rädern die coolsten Stunts üben. Carlo war ganz besonders scharf darauf, die Bahn fertig zu kriegen, weil er hoffte, an Weihnachten ein cooles neues Bike zu bekommen, das natürlich sofort eingefahren werden musste.

Genügend Material hatten sie zusammen, auch das Werkzeug war kein Problem – vieles flog hier noch herum, den Rest konnten sie von zu Hause mitnehmen. Die drei mussten sich nur noch etwas einfallen lassen, wie sie ihre Räder aufs Gelände kriegen würden. Über die Mauer heben kam nicht infrage. Der richtige Eingang bestand aus einem hohen Gittertor mit dicken Stäben und einem großen Vorhängeschloss daran, das man wohl noch befestigt hatte, bevor die Bauarbeiten auf unbestimmte Zeit eingestellt worden waren. Doch die drei waren Abenteurer und Detektive, das Schloss zu knacken, sollte kein Problem sein. Und solange hier nicht weitergebaut wurde und sich keiner um das verlassene Gelände kümmerte, würden sie auch niemandem damit schaden, fanden sie.

Viel schwieriger würde es werden, ihr Versteck dann weiter geheim zu halten. Wenn sie in ein paar Monaten die coolsten Moves auf den Bikes beherrschten, ohne sich auf der Bahn neben dem Spielplatz blicken zu lassen, würden ihre Klassenkameraden bestimmt stutzig werden und ihr Geheimnis kennen wollen. Die drei Musketiere würden die Überflieger der Schule sein. Aber auf keinen Fall würden sie ihr Versteck mit irgendjemandem teilen.

»Einer für alle, alle für einen!«, rief Maik und die anderen beiden wiederholten ihr Motto. Dann verteilten sie sich in dem Raum, in dem es langsam warm wurde, und begannen damit, Werkzeug und Material zusammenzusuchen.

Sie hatten gerade alles in den hinteren Teil des Raumes gebracht und wollten mit der Arbeit anfangen, als es auf einmal an der Tür klopfte.

Hat etwa jemand das Geheimversteck entdeckt?

Lies morgen weiter!

2. Dezember

Ein rätselhafter Schlüssel

Erschrocken fuhren die Jungs herum und starrten zur Tür. Was hatte das zu bedeuten?

»War vielleicht nur der Wind ...«, flüsterte Carlo, klang aber selbst nicht wirklich überzeugt.

Doch dann donnerte schon wieder ein Klopfen gegen die Tür der Werkstatt und da wussten die drei Freunde sicher, dass es nicht der Wind war. Draußen stand jemand!

Julian zog Maik und Carlo dicht zu sich heran und raunte: »Wir machen nicht auf und tun so, als wäre niemand da. Dann verpisst der Typ sich wieder.«

»Wer mag das bloß sein?«, fragte Carlo leise, presste sich dann aber die Faust vor den Mund. »Julian hat recht: Wir sind gar nicht da. Also, kein Geräusch machen!«

Maik schüttelte den Kopf. »Das ist doch unlogisch! Vor dem Tor sind unsere Fußstapfen im Schnee zu sehen. Wenn wir nicht aufmachen, ist das doch erst recht verdächtig. Dann denkt der da draußen, dass wir sonst was hier tun – geklautes Zeug oder Drogen verstecken, zum Beispiel. Wir machen auf und tun ganz unschuldig, okay?«

Ein weiteres Klopfen ertönte, dieses Mal noch heftiger. Die Jungs sahen einander an.

»Einer für alle ...«, fing Carlo an.

»Und alle für einen!«, raunten Maik und Julian.

Zusammen näherten sie sich der Tür. Maik war es dann, der den schweren Eisenriegel zur Seite schob. Knarrend schwang die dicke Tür auf.

Den Jungs fielen fast die Augen aus dem Kopf, als sie die Person vor sich erkannten.

»Jenny!«, brüllten sie gleichzeitig und waren zuerst so verdattert, dass sie es nicht glauben wollten. Doch tatsächlich: Jenny Neyer aus der Parallelklasse stand vor ihnen und grinste sie an.

»Darf ich vielleicht eintreten in euer Geheimversteck?«, fragte sie.

»Woher weißt du, dass wir hier ...« Julian stand mit offenem Mund da. Woher, zum Teufel, kannte Jenny das Versteck? Carlo, Maik und er waren doch immer enorm vorsichtig gewesen, wenn sie über die Mauer kletterten. Erst einer von ihnen. Wenn der von oben nichts Verdächtiges sah und die Luft rein war, folgten die anderen. Peinlich, dass Jenny ihnen auf die Schliche gekommen war!

Jenny winkte lässig ab. »Ich hab schon kurz nach den Sommerferien rausgekriegt, dass ihr irgendwas Geheimes auf dem alten Gewerbegebiet veranstaltet. Eines Tages bin ich euch einfach gefolgt und hab beobachtet, wie ihr es über die hohe Mauer schafft.«

»Und wie hast *du* es geschafft?«, wollte Maik wissen.

»Doofe Frage! Genauso wie ihr natürlich. Oder hältst du mich für zu blöd, um über 'ne Mauer zu klettern?«

»Nee, so war's nicht gemeint. Ehrlich!« Maik wusste ja, dass Jenny eine erstklassige Sportlerin war. »Aber dass du uns bespitzelt hast und wir haben nichts davon gemerkt haben, also, das geht mir schon an die Detektivehre.«

Jenny verdrehte die Augen. »Fang bloß nicht an zu heulen!« Sie schob die Jungs zur Seite, damit sie endlich aus dem kalten Wind und in die angewärmte Werkstatt kam.

Ihr Rundumblick erfasste die gestapelten Bleche und Werkzeuge im hinteren Teil des Raums. »Was macht ihr denn eigentlich hier, wenn ihr euch heimlich zusammenrottet?« Jenny hockte sich auf den Holzklotz, der am dichtesten am Feuer stand, und zog die Handschuhe aus. »Oder verratet ihr das nicht?«

»Mal dies, mal das«, murmelte Maik.

»So genau wollte ich's gar nicht wissen.« Jenny streckte Maik die Zunge raus.

»Na ja«, sagte Maik zögerlich, weil er eigentlich nicht darüber sprechen wollte, »wir chillen hier oft und reden über dies und

das. Sachen, die in der Schule oder zu Hause passiert sind, Fußballspiele vom Wochenende, neue Filme und Spiele ... Und dann kicken wir 'ne Runde.«

Julian schob ein paar Holzscheite ins Feuer und sah Jenny an. Er fand, dass sie in ihrem roten Kapuzenmantel mit der leuchtend hellblauen Samtmütze und den blonden Locken wie ein Weihnachtsengel aussah. Schnell guckte er zurück ins Feuer.

»Wir streifen auch oft durch das Gelände draußen«, erklärte er Jenny. »Da gibt's 'ne Menge Tiere. Kaninchen, verwilderte Katzen, Marder, Ratten ... Vielleicht sogar Schlangen! Die Viecher können zwar nicht über die Mauer hüpfen, aber die flutschen zwischen den Gitterstäben am großen Tor durch. Und die Bussarde jagen dauernd Mäuse und Eidechsen und Blindschleichen. Schon krass, wie viel man hier sieht, weil die Tiere sich ungestört von den Menschen fühlen. Und wenn wir dann wieder hier am Feuer sitzen, denken wir uns Pläne für die Zukunft aus. Wir wollen zum Beispiel mit Hundeschlitten zum Südpol düsen, auf Kamelen die Sahara durchqueren und im Mittelmeer vor Alexandria nach uralten Goldschätzen tauchen.«

»Genau«, meinte Carlo und schob sich das Basecap aus der Stirn. »Wir sind nämlich Abenteurer. Und wenn mal wieder ein Kriminalfall anliegt, dann tüfteln wir hier im Geheimversteck die richtige Taktik aus. Brainstorming nennt man das und ...«

Maik wurde ungeduldig und fuhr dazwischen. »Das ist doch alles egal jetzt! Jenny, du bist uns doch nicht gefolgt, um einfach nur mit uns zu quatschen. Wir sollten endlich zur Sache kommen. Also: Was willst du von uns?«

Jenny stand auf, trippelte nervös auf der Stelle herum und holte tief Luft. Es sah aus, als wollte sie Anlauf nehmen. »Carlo hat das Stichwort gerade gesagt: *Kriminalfall.* Vorhin im Bus ist was Rätselhaftes geschehen. Ich glaube, dahinter steckt was Kriminelles. Es geht um einen Schlüssel.«

»Einen Schlüssel?«, riefen die drei Detektive im Chor. Sie waren sichtlich enttäuscht. Hatte Jenny ihren Schlüssel verschlampt und nun sollten sie danach suchen? Nach einem popeligen Schlüssel? Das war doch kein Fall für Kriminalisten wie sie!

Bevor Julian, Maik und Carlo sich jedoch weiter aufregen konnten, zog Jenny einen Schlüssel aus der Innentasche ihres Mantels und die drei Jungs kamen ganz schön ins Staunen.

Der Schlüssel war länger als eine Handfläche, anscheinend aus Kupfer, grünlich verfärbt vom Alter, innerhalb des ovalen Griffes schnörkelig verziert mit einer Rosenranke und einem kaum noch sichtbaren Kopf in der Mitte – und da waren auch Buchstaben zu erahnen.

»Donnerwetter!«, meinte Carlo beeindruckt. »Der muss ziemlich alt sein. Woher hast du den, Jenny?«

»Der steckte auf einmal in meinem Rucksack. Keine Ahnung, wie der da reingekommen ist. Ich hatte nach der sechsten Stunde noch Chorprobe für die Weihnachtsfeier morgen und bin danach von der Schule aus mit dem Bus nach Hause gefahren. Und als ich meine Brotdose auspacken wollte, da sah ich plötzlich diesen Schlüssel zwischen den Büchern und den Heften. Jemand muss mir den während der Busfahrt da reingeschoben haben, anders kann ich mir das nicht erklären. Aber warum?«

»Warum? Das ist die zentrale Frage, die sich alle Detektive bei ihrer kriminalistischen Arbeit stellen.« Maik nahm ihr den Schlüssel aus der Hand und betrachtete ihn genauer. »Wer, was, wann, wo, wie: Das sind die üblichen Routinefragen. Aber man kommt dem Täter erst auf die Spur, wenn man eine Antwort auf die Frage nach dem Warum findet.«

»Musst du eigentlich immer so protzige Predigten halten?«, fragte Julian. Bevor sein Freund protestieren konnte, fuhr er fort: »Also, ich schätze mal, dass dieser Schlüssel aus dem Mittelalter stammt. Leute, da haben wir ein paar harte Nüsse zu knacken!«

Finden Jenny und die Jungs heraus, was es mit dem Schlüssel auf sich hat?

Lies morgen weiter!

3. Dezember

Detektive sind keine Nussknacker

Carlo berichtete von seiner Vermutung, der Schlüssel gehöre zu einer alten Kirche oder einer Ritterburg. »Gibt's hier bei uns in der Stadt oder in der Nähe eine mittelalterliche Kirche?«

Jenny zuckte die Schultern. »Mir fällt nix ein. Und wenn es irgendwo in der Umgebung 'ne Ritterburg gäbe, dann wüssten wir doch vermutlich davon. Oder?«

»Klar. Wir kennen doch alles hier.« Julian schaute nachdenklich ins Feuer. »Was kommt noch infrage? Herrschaftliche Villa, ehemaliges Kloster oder ...«

Aufgeregt schüttelte Carlo den Kopf. »Und was, wenn der Schlüssel zu einer Schatzkammer führt? Goldene Heiligenfiguren mit dicken Edelsteinen dran und so was, stellt euch das mal vor! Julian hat recht: Da haben wir ein paar harte Nüsse zu knacken.«

Maik versuchte, im Feuerschein die winzigen Buchstaben zu entziffern. »Detektive sind keine Nussknacker«, knurrte er, »Detektive sind eiskalte Kombinierer.« Dann beschäftigte er sich wieder intensiv mit der Schrift auf dem Schlüssel.

»Genau das hab ich mir auch gedacht!«, erklärte Jenny. »Weil ihr drei Musketiere ja so eiskalte Kombinierer seid, könnt ihr mir bestimmt helfen, das Rätsel dieses Schlüssels zu lösen. Darum bin ich hier. Ich weiß noch gut, wie ihr im Herbst die Fahrraddiebe in unserer Schule ausgetrickst habt und wie ihr rausgekriegt habt, dass nicht Ömer aus meiner Klasse Alexas Handy geklaut hatte, sondern so ein Jugendlicher an der Frittenbude. Ihr seid ganz schön clever! Da ist so ein geheimnisvoller Schlüssel doch sicher ein Klacks für euch!«

»Man tut, was man kann«, brummte Julian ein bisschen verlegen.

Da brüllte Maik plötzlich: »Ich hab's, Leute!«

»Dreh nicht gleich durch, Mann!« Carlo hielt sich die Ohren zu. *»Was* hast du?«

»Na, ich hab rausgekriegt, was auf dem Schlüsselgriff steht. Schreibt mal die Buchstaben auf, die ich euch jetzt ansage, okay? Also: S-A–N-C-T-U-S ... Jetzt kommt 'ne Lücke. Habt ihr's?«

»Jepp, ist notiert.« Jenny hatte die Buchstaben mit einem Holzstöckchen in den Staub der Fußbodenplatten geritzt. »Und weiter?«

Maik diktierte: »R-O-C-H-U-S. Ende der Durchsage.«

Sie sahen alle auf das, was Jenny da auf den Fußboden vor der Feuerstelle geschrieben hatte: SANCTUS ROCHUS.

»Sanctus heißt *heilig«,* erklärte Julian. *»Heiliger Rochus.* Der Kopf, den man nicht mehr erkennen kann, gehört wohl einem Typ, der ein Heiliger war und Rochus hieß. Komischer Name! Ich check mal im Internet, was es über diesen Rochus zu wissen gibt.« Schon kramte er sein Smartphone aus der Tasche seiner Jacke, setzte sich wieder auf seinen Platz ans Feuer und begann mit seiner Recherche.

Minuten vergingen in gespanntem Schweigen, nur vom Knacken der Holzscheite unterbrochen. Jenny, Maik und Carlo schauten einander fragend an und dann erwartungsvoll zu Julian hinüber.

»Und?«, wagte Jenny nach einer Weile zu fragen.

Julian ignorierte sie, aber schließlich blickte er triumphierend zu den anderen auf. »Also, der heilige Rochus wurde so um 1295 herum geboren und starb vermutlich im Jahr 1327. Diese Daten sind nicht gesichert. Jedenfalls hat er im Mittelalter gelebt, mit der Vermutung hatten wir also recht. Aber jetzt kommt's! Der heilige Rochus war der Schutzpatron gegen Seuchen – und das ist er vermutlich für manche Leute noch immer. Pestheiliger, so wurde er damals genannt, und er soll Wunder gewirkt haben und außerdem ...«

»Was für Seuchen?«, wollte Carlo wissen.

»Na, was es damals so gab. Pest, Cholera, Lepra ... Tausende und Abertausende sind dahingerafft worden. Es gab ja noch keine wirksamen Medikamente. Aber der heilige Rochus, der soll immer wieder Menschen geheilt haben.«

»Glaubst du das?« Maik legte den Kopf schief.

»Nö«, sagte Julian, »aber es ist 'ne schöne Geschichte. Und damals haben die Leute 'ne Menge geglaubt.«

Jenny meinte, manche von den schrecklichen Seuchen kämen auch heute noch vor. »Cholera zum Beispiel, vor einigen Monaten in Afrika. Zum Glück haben die Ärzte inzwischen Gegenmittel. Ich glaube, in Europa war Lepra die allerschlimmste von den ansteckenden Epidemien.«

»Epi... Was?« Carlo runzelte die Stirn. Ihm gefiel es nicht zuzugeben, dass er keine Ahnung hatte, wovon Jenny da sprach.

»Infektionskrankheiten. Unheimlich ansteckend. Und eine riesengroße Gegend ist betroffen.« Dann fiel Jenny noch etwas zu den Leprakranken ein. »Die Kranken wurden wie Aussätzige behandelt. Sie mussten so merkwürdige weiße Kittel tragen mit Kapuze. Und die Kapuze mussten sie tief ins Gesicht ziehen, damit die Geschwüre nicht zu sehen waren, die sie überall hatten. Sie hatten auch so 'nen Krückstock mit 'nem Glöckchen dran, als Warnung. *›Unrein, unrein!‹* mussten sie rufen, damit andere Menschen wegrennen konnten, um sich nicht anzustecken. Aber meist half das wohl nix. Die steckten sich trotzdem an. Die Aussätzigen wurden auch *die Siechen* genannt. Habt ihr nicht Mittelalter im Unterricht durchgenommen?«

Das Wort kannte auch Carlo. »Ha!«, rief er. *»Siech,* das bedeutet krank, aber so unheilbarmäßig. *Dahinsiechen* kennen wir doch alle. Wenn man bald stirbt.«

In Maiks Gehirn machte es plötzlich klick. »He, hört mal zu! Wisst ihr, dass es in unserer Stadt sogar eine Siechenkapelle gibt? Da war vor ein paar Monaten mal ein Foto in der Zeitung von dieser winzigen Kirche. Ich glaube, es ging darum, dass die unter Denkmalschutz gestellt werden soll. Jetzt kombiniere ich mal logisch. Rochus – Schlüssel – Siechenkapelle. Findet ihr nicht auch, dass es da eine Verbindung geben muss zwischen dem Pestheiligen und dem Schlüssel, den jemand in Jennys Rucksack gesteckt hat?«

»Und ob!« Julian nickte heftig. »Vielleicht sollten wir bei dieser Siechenkapelle anfangen mit unseren Ermittlungen. Wo steht die denn überhaupt?«

»Irgendwo in der Nähe vom Wallneypark. Das lässt sich leicht rauskriegen. Den Schuppen schauen wir uns auf jeden Fall mal gründlich an.«

Carlo erklärte, die Siechenkapelle könne noch ein bisschen warten, die laufe ja nicht weg, denn zunächst seien da zwei andere Fragen zu beantworten.

»Und welche?«, fragte Jenny ungeduldig.

»Erstens: Geht es um den Schlüssel, weil der möglicherweise eine ganz wertvolle Antiquität ist, oder ist der Schlüssel bloß Mittel zum Zweck, weil man ihn braucht, um 'ne Tür aufzuschließen mit was Sensationellem dahinter? Zweitens: Wird die unbekannte Person, die den Schlüssel in Jennys Rucksack gestopft hat, das Teil nicht zurückhaben wollen?«

Maik nickte erst zustimmend, verschränkte dann aber die Arme vor der Brust und schaute nachdenklich. »Die allerwichtigste Frage hast du vergessen!«, erklärte er schließlich. »Die Frage nach dem Warum. Warum hat dieser Unbekannte den Schlüssel so plötzlich loswerden wollen? Bei dieser Frage waren wir doch schon! Hier ist der Knackpunkt. Mit dem Schlüssel ist was Kriminelles verbunden. War die unbekannte Person in Panik? Warum musste sie den Schlüssel verschwinden lassen? Durfte man ihn nicht bei ihr finden?«

Julian schaute zu Jenny. »Erzähl mal haargenau, was im Bus passiert ist!«

Was ist im Bus passiert?

Lies morgen weiter!

4. Dezember

Fünf Polizisten und ein Spürhund

Jenny fischte eine Tüte Schokoprinten aus ihrem Rucksack, schob sich eine Printe in den Mund und reichte die Packung an die Jungs weiter. Während sie bedächtig kaute, ließ sie sich die ganze Busfahrt noch einmal durch den Kopf gehen. Dann begann sie zu berichten.

Nach der Chorprobe sei sie am Berliner Platz in den Bus gestiegen, das war gegen 15 Uhr gewesen. Der Bus sei nicht voll gewesen: zwei Männer, ein paar Frauen mit Einkaufstaschen, dazu zwei kleine Kinder und ein schreiendes Baby. Auf den Sitzen ganz hinten hätte sich eine Gruppe Jugendlicher herumgefläzt, offenbar ein bisschen angeschickert, jedenfalls arg laut und schrill und albern. Der Busfahrer habe sie über sein Mikrofon mehrmals aufgefordert, sich anständig zu benehmen, weil er sie sonst rausschmeißen werde.

»Mädchen oder Jungs?«, fragte Carlo.

»Sowohl als auch. Ich schätze, die kamen vom Berufskolleg in der Münchener Straße. Waren ungefähr sechzehn oder siebzehn Jahre alt.«

»Wie viele?«, wollte Maik wissen.

Jenny zuckte mit den Schultern. »Keine Ahnung. Die waren so laut und nervig, da hab ich mich nach vorn gesetzt, gleich hinter den Busfahrer. Meinen Rucksack hab ich auf den Nebensitz gelegt. Fünf oder sechs könnten das gewesen sein.«

Julian verstand das nicht. »Da waren doch Erwachsene im Bus! Haben die denen nicht gesagt, dass sie sich so nicht benehmen können?«

»Nee.« Jenny verzog das Gesicht. »Da hat sich keiner gerührt. Wahrscheinlich hatten die Schiss. Und dann ging ja auch alles ganz schnell.«

»*Was* ging schnell?«, fragten die Jungs im Chor.

»Die Polizei griff plötzlich ein. Der Busfahrer hatte wohl irgend so einen Alarmknopf am Armaturenbrett, mit dem konnte er 'ne Warnung an das nächste Polizeirevier senden. Jedenfalls schnappte an der nächsten Haltestelle die Bullenfalle zu. Das ging ruckzuck.«

»Und wie funktionierte die Falle?«, erkundigte sich Julian aufgeregt. »Erzähl schon, Jenny! Haben die Polizisten den Bus gestürmt? Mit Knarren und so?«

Maik und Carlo tippten sich an die Stirn und warfen ihrem Freund hämische Blicke zu. Waffeneinsatz bei einer Buskontrolle? Das sollte wohl ein schlechter Witz sein.

Carlo grinste. »Julian, du guckst dir die falschen Gangsterfilme an. Hier geht's doch nur um ein paar durchgeknallte Jugendliche. Erzähl weiter, Jenny!«

Jenny berichtete. Gleich als der Bus stoppte, seien an den Hintertüren zwei uniformierte Polizisten in den Wagen gesprungen. Alle Fahrgäste hätten überrascht die Augen aufgerissen, die Kinder waren vor Schreck verstummt. Die aufsässigen Teenager aber seien blitzartig von den Sitzen aufgesprungen und nach vorne gestürmt.

»Klar«, meinte Jenny und lachte glucksend, »die wollten rasch durch die vordere Tür verduften. Aber denkste!«

»Logisch.« Maik breitete die Arme aus. Er hatte blitzschnell kombiniert. »Da warteten schon andere Polizisten auf sie und nahmen sie liebevoll in Empfang. Das war die Falle, die schnappte dann zu.«

Jenny nickte. »Drei weitere Uniformierte. Die hatten auch einen Spürhund dabei, den sie sofort an den Jugendlichen hatten schnuppern lassen. Das war echt 'ne Drogenkontrolle. Keine Frage, die Polizisten wollten sie kontrollieren, weil sie sie wahrscheinlich für high hielten.«

Mit großen Augen lauschten die Jungs Jennys Erzählung.

»Krass«, meinte Maik.

Seine Freunde nickten, aber dann versuchte Carlo, sich wieder aufs Wesentliche zu konzentrieren: »Was ist dir noch

aufgefallen, Jenny? Versuch mal, dich genau zu erinnern! Auch scheinbare Kleinigkeiten könnten am Ende sehr wichtig sein für die Lösung des Falls.«

Jenny fasste sich an die Nase und kniff die Augen zusammen, während sie angestrengt nachdachte. »Der Hund war ein Schäferhund. Drogenfahnder arbeiten am liebsten mit Schäferhunden. Das weiß ich aus dem Fernsehen. Und mir ist noch aufgefallen, dass das Baby aufhörte zu schreien, als die Krachmacher raus waren aus dem Bus. Und sonst …« Sie blies die Backen auf und atmete laut aus. »Ich hab doch gesagt, dass alles so rasend schnell ging. Was wollt ihr denn noch hören?«

Mit dieser Antwort waren die Jungs absolut nicht zufrieden. Sogleich prasselten ihre Fragen auf Jenny nieder.

Julian erklärte: »Verdammt, Jenny, wir sind nicht an plärrenden Säuglingen und Kötern interessiert! Wir brauchen konkrete Fakten für unsere Recherchen. Gesichter, Auffälligkeiten am Aussehen, an der Kleidung …«

»Als die draußen waren und von den Bullen verhört wurden, hast du da jemanden von denen erkannt und sie vielleicht vorher schon mal gesehen?«, fragte Maik. »Warum glaubst du, dass es Schülerinnen und Schüler vom Berufskolleg in der Münchener Straße waren? Was ließ darauf schließen? Besondere Taschen, Rucksäcke, Mappen, Gegenstände?«

Und Carlo meinte: »Dein Rucksack, Jenny, war ja neben dir auf dem freien Platz zum Gang hin geparkt, oder? Ist dir da keine hastige Bewegung aufgefallen? Das muss doch gewackelt haben, als dir einer von den Typen den Rochusschlüssel – so *zack!* – zwischen die Schulbücher geschoben hat, auch wenn's blitzschnell gegangen ist. Falls dir der Schlüssel überhaupt in diesem Augenblick untergejubelt …« Weiter kam er nicht.

»Aufhören!«, rief Jenny und sprang auf. »Haltet alle mal die Klappe! Wie soll ich bei eurem Gelaber und den ganzen Fragen bitte nachdenken?« Aufgebracht tigerte sie in der alten Werkstatt auf und ab. »Ich hab euch alles berichtet, was ich weiß. Checkt ihr nicht, ihr Superspürnasen, dass ich total erschrocken war und nicht auf jedes Detail geachtet habe in dem Moment? Ihr verhört mich hier wie einen Gangsterboss, obwohl ich nur ein Zeuge bin!«

Maik gab sich Mühe, die wütende Jenny zu beruhigen. »Bleib mal ganz locker! Wir sind doch auf deiner Seite. Aber wir müssen dir detektivmäßig solche Fragen stellen, weil wir Informationen brauchen. Jetzt kannst du dich vermutlich noch besser an Dinge erinnern, die sich im Bus abgespielt haben.«

Julian nickte heftig. »Die Bilder in deinem Kopf. Konzentrier dich, Jenny! Morgen sind sie vielleicht futsch und vergessen. Und cool bleiben!«

Für ein paar Sekunden waren nur der heulende Wind und das Knacken im Feuer zu hören. Dann sagte Jenny leise: »Als ich den seltsamen Schlüssel in meinem Rucksack gefunden habe, da dachte ich sofort: Das könnte ein spannender Fall für die Musketiere werden. Aber wenn euch das zu kompliziert ist, dann können wir den Rochusschlüssel ja auch zur Polizei bringen und vergessen ...«

»Neiiinnn!«, riefen Julian, Maik und Carlo. Das Rätsel um den Schlüssel wollten sie unbedingt selbst lösen.

Maik steckte den Schlüssel, den er noch immer in der Hand hielt, in die Innentasche seines blauen Dufflecoats. »Da ist der Schlüssel in Sicherheit. Und jetzt wenden wir uns wieder der kriminalistischen Arbeit zu, okay?«

»Wer einen so wichtigen Schlüssel hat«, meinte Carlo, »dass er ihn unbedingt vor der Polizei verstecken muss und deshalb in seiner Panik einfach in Jennys Rucksack schmuggelt, der will diesen Schlüssel garantiert auch wiederhaben. Das ist unsere Chance!«

Aber wie will der Unbekannte den Schlüssel zurückholen?

Lies morgen weiter!

5. Dezember

Carlo hat eine Idee

Jenny, Maik und Julian wollten es natürlich genau wissen. Was meinte Carlo mit der Behauptung, das sei ihre Chance? Sollten sie sich die Kamera aus dem Bus besorgen? Sollten sie beim Fundbüro im Rathaus nachfragen, ob sich jemand nach seinem verlorenen Schlüssel mit einem Heiligenkopf drauf erkundigt hätte? Sollten sie bei der Zeitungsredaktion anrufen und melden, der Verlierer eines ganz besonders wertvollen Schlüssels solle sich bei Jenny Neyer das Ding abholen? Sollten sie im Internet einen Deal anbieten und Bares für den Rochusschlüssel fordern?

Mit solch albernen Fragen blödelten sie eine Weile herum und wussten doch ganz genau, dass der Unbekannte selbstverständlich auch unbekannt bleiben wollte. Aber auf welche Weise wollte er dann heimlich den rätselhaften Schlüssel zurückholen, wenn Carlo recht hatte?

»Schluss mit lustig!«, rief Julian schließlich. »Jetzt wird wieder ernsthaft kombiniert. Carlo, was meinst du damit? Wie soll der Besitzer des Schlüssels das anstellen?«

»Indem er trickst«, erklärte Carlo.

»Tricksen können wir auch«, erwiderte Maik abfällig. »Und?«

»Das ist doch der Knackpunkt!« Carlo stemmte die Fäuste in die Hüften und schaute siegessicher in die Runde. »Unsere Chance. Wie Maik schon sagte: Tricksen können wir auch.«

Jenny schaute auf ihre Uhr. »Aber jetzt müsst ihr erst mal alleine weitertricksen. Ich bin mit Tanja verabredet. Meine Cousine. Wir müssen Honigkuchen backen für Oma. Ist Tradition, deshalb kann ich nicht absagen.«

Carlo war enttäuscht. »Und das ist wichtiger, als mit uns zu kombinieren und das Schlüsselrätsel zu lösen?« Er wollte doch gerade von seiner Idee berichten!

Jenny erklärte den Jungs, es gehe nicht bloß um den Honigkuchen, sondern überhaupt um die Versorgung der Oma, weil die nämlich seit ihrem Schlaganfall dauernd Hilfe brauche. Auch im Haushalt half sie mit, weil ihre Eltern mit der eigenen Änderungsschneiderei sehr beschäftigt waren. Das beeindruckte die Jungs mächtig, trotzdem fanden sie es schade, dass Jenny gehen musste. Carlos Idee musste doch diskutiert werden!

»Ihr könnt mich ja später anrufen. Ich glaube, ohne mich könnt ihr besser diskutieren.« Jenny kicherte. »Wenn ihr so rumpalavert wie Politiker ... Da komm ich gar nicht mehr mit!«

Sie tauschten ihre Handynummern aus und Julian begleitete Jenny zur Tür. Der Wind war zu kaum hörbarem Geflüster eingeschlafen. Die Geröllreste auf dem verlassenen Industriegelände wirkten wie schwarze unheimliche Schatten. Von der Kreisstraße drang das Autogesumm herüber. Feierabendverkehr.

»Ich geh noch mit bis zur Mauer«, sagte Julian.

»Brauchst du nicht. Glaubst du, ich hätte Schiss im Dunkeln?«

»Nee. Aber in dem Geröll hier kann man leicht auf die Schnauze fallen. Ich finde es übrigens megastark, dass du zu Hause so viel hilfst. Meine ich ganz ehrlich!«

Jenny tastete sich mit den Füßen geschickt durch Gestrüpp und Gestein. »Tja, während ich nach der Schule koche und aufräume, tummelst du dich mit deinen Kumpels hier in der Pampa rum. So hat jeder seinen Spaß.« Das hörte sich ein bisschen verbittert an.

Was sollte er da antworten? Für einen Moment schwieg Julian verlegen. Dann berührte er einfach nur sacht Jennys Arm. »Sag mal, als du entdeckt hast, dass Maik, Carlo und ich manchmal über die Mauer in dieses Gelände eindringen, hast du anderen Leuten davon erzählt?«

Jenny spürte, wie ihr warm wurde. Lag das an der Bewegung oder an Julians Hand auf ihrem Arm? Besser nicht drüber nachdenken! »Warum sollte ich?«, antwortete sie empört. »Von eurem Geheimversteck wusste ich doch überhaupt nichts.«

»Okay, gut. Auch über den Rochusschlüssel darfst du mit

niemandem reden, Jenny, auch nicht mit deiner Cousine. Ist dir das klar?«

»Klar wie Kloßbrühe.«

Sie kamen bei der zerdellten Blechtonne an, die die Jungs von innen an die Mauer gerollt hatten, um den Aufstieg zu erleichtern.

»Ich bin gespannt, ob Carlos Idee auch wirklich so clever ist! Haltet mich auf dem Laufenden, ja?« Von der Tonne aus kletterte sie an der Mauer hoch, winkte noch einmal und war verschwunden.

Maik und Carlo warteten schon ungeduldig auf Julian.

»Musstest du noch Händchen halten?« Maik lachte fies.

»Blödmann!«, knurrte Julian.

Carlo rollte mit den Augen und hob die Hände, als wollte er eine Predigt halten. »Zurück zum Wichtigen, Leute! Der Unbekannte weiß, an welcher Haltestelle Jenny in den Bus gestiegen ist, er hat den Rucksack gesehen und ihm ist vermutlich klar, dass sie eine Schülerin ist, die jeden Tag diese Buslinie benutzt, meist zur gleichen Zeit. Logisch?«

»Logisch.« Maik stocherte mit einem Ast in der Glut herum. »Als er bei der Flucht aus dem Bus an ihr vorbeisauste und hastig den Schlüssel in ihrem Rucksack versteckte, muss er sicher gewesen sein, dass er sie jederzeit wiedererkennen würde.«

Julian sah noch ein Problem an der ganzen Sache. »Der Unbekannte muss doch davon ausgehen, dass Jenny längst den Schlüssel in ihrem Rucksack gefunden hat. Er muss sich also fragen: Hat sie ihn zum Fundbüro im Rathaus oder zum Polizeirevier gebracht? Beides wär für ihn gefährlich. Es darf doch niemand wissen, dass er was mit dem Schlüssel zu tun hat, sonst hätte er ihn nicht versteckt. Worauf willst du hinaus, Carlo?«

Carlo grinste triumphierend, weil er schneller kombiniert hatte als seine Kumpels. »Denkt doch mal daran, was morgen ist! Der letzte Schultag vor den Weihnachtsferien. Morgen gibt's keinen richtigen Unterricht mehr, bestimmt werden in vielen Klassen nur Filme geguckt oder es wird gemeinsam gefrühstückt. Kapiert? Keine Hausaufgaben mehr für morgen. Der Typ denkt sich vielleicht: Da hat das Mädchen doch überhaupt keinen Grund, den Rucksack überhaupt aufzumachen, sie pfeffert ihn einfach in die Ecke – und der Schlüssel steckt noch immer unentdeckt drin. Und morgen bringt sie ihn mit zur Schule und fährt dann später mit dem Bus nach Hause ...«

»Aber er hat nicht damit gerechnet, dass Jenny die Butterbrotdose auspackt und dabei den Schlüssel entdeckt«, meinte Maik. »Darum will er sich nach deiner Meinung an Jenny ranmachen, um an den Schlüssel zu kommen? Ganz überzeugt bin ich nicht von deiner Idee, Carlo, aber immerhin könnte es 'ne Chance sein. Gut, wir brauchen einen Plan. Taktik ist jetzt angesagt. Jenny muss den Lockvogel spielen.«

Julian ballte die Fäuste. »Aber wir lassen sie keinen Moment aus den Augen! Und dann ist der Unbekannte kein Unbekannter mehr, weil wir alles beobachten. Action!«

»Es ist nur 'ne Theorie«, gab Carlo zu bedenken, um Julians Begeisterung ein bisschen zu bremsen, »aber fangen wir mal an.«

Sie rückten näher ans verglimmende Feuer und diskutierten, wie sie am besten vorgehen sollten. Vor den Ferien hatten sie nur diese eine Chance. Maik machte Notizen. Ja, sie waren voller Tatendrang. Jennys Frage, ob das ein Fall für die drei Musketiere sein könnte, hatte ihren Kriminalistenehrgeiz geweckt. Sanctus Rochus, die Siechenkapelle, der rätselhafte Schlüssel, ein Unbekannter ... Sie waren heiß auf diese neue Herausforderung.

Julian übernahm es, Jenny anzurufen, nachdem sie einen Plan ausgearbeitet hatten. Ein Plan, von dem die Musketiere mittlerweile alle überzeugt waren, dass er funktionieren könnte! Bis sie das Rätsel des Schlüssels gelöst hatten, war es nur noch eine Frage der Zeit.

Ob die Detektive den Unbekannten entlarven?

Lies morgen weiter!

6. Dezember

Weihnachtsfeier und kalte Nasen

Maik machte sich am nächsten Morgen sofort über die Zeitung her. Noch bevor der Wecker klingelte, war er aus dem Bett und ins Badezimmer geflitzt, dann setzte er sich mit Zeitung und Müsli an den Küchentisch.

Seine Mutter Alexa blieb verwundert in der Tür stehen, als sie Maik mit der Zeitung am Tisch sitzen sah. »Seit wann liest du denn die Zeitung?«

»Man muss doch wissen, was in der Welt passiert«, entgegnete Maik möglichst lässig. Seine Mutter würde nur wieder mit den Augen rollen, wenn er von einem neuen Fall berichtete. Sie war immer so besorgt um ihn, dabei war er doch kein Kind mehr!

Doch heute schien sie mit den Gedanken woanders zu sein. Anstatt weiter nachzuhaken, sagte sie nur: »Aber vergiss nicht, dein Müsli zu essen. Ich bin auf dem Sprung, hab gleich einen Zahnarzttermin. Und räum den Tisch ab, bevor du zur Schule gehst!«

»Yes, Sir! Captain, Sir!« Maik legte die Hand zum Gruß an die Stirn.

»Spinner!« Seine Mutter lachte und verließ die Küche.

Maik blätterte weiter im Lokalteil der Zeitung herum und löffelte dabei sein Müsli, das er kurz vergessen hatte.

Er wurde jedoch enttäuscht: keine Meldung über randalierende Jugendliche im Bus, nichts von der Polizeikontrolle und vom Einsatz des Drogenspürhundes, absolut keine Nachricht über das, was Jenny erlebt hatte.

»So ein Mist!«, murmelte Maik enttäuscht. Wahrscheinlich hatten die Polizisten also keinen Stoff bei der Clique gefunden. Die waren wohl bloß ein bisschen betrunken gewesen oder nur high davon, weil's in die Ferien ging.

Aber das änderte nichts an dem Auftrag, das Rätsel des Rochusschlüssels zu knacken. Da warteten spannende Ermittlungen auf die Musketiere. Bestimmt setzte sich der Unbekannte an diesem letzten Schultag auf Jennys Spur, denn er konnte nicht sicher sein, dass sie in der nächsten Zeit wieder mit dieser Buslinie fahren würde.

Maik schmierte sich rasch ein paar Schulbrote, räumte den Tisch ab, zog seinen Dufflecoat an und eilte aus der Wohnung. Er hatte es nicht weit bis zur Albert-Einstein-Schule.

Die Frittenbude von Juppi Brömmelkamp war der Treffpunkt. Die hatte um diese Zeit zwar noch nicht geöffnet, aber hier duftete es immer so lecker. Carlo trippelte schon wartend auf der Stelle. Es war lausig kalt. Die beiden begrüßten sich mit einem Handschlag.

Ringsherum quollen Scharen von Schülerinnen und Schülern aus den Schulbussen. Radler schlängelten sich im Slalom durch die Menge. Andere Kids sprangen aus den Autos ihrer Eltern.

»Wo bleibt Julian?«, fragte Maik ungeduldig und rieb sich die Hände, um sie zu wärmen.

Der letzte der Musketiere kam nach ungefähr drei Minuten ziemlich außer Puste angetrabt. Jenny war dicht hinter ihm. »Sorry!«, keuchte Maik und stieß Atemwolken aus wie eine Dampflok. »Meine Schwester ist über Weihnachten zu Hause. Da wurde lange getratscht und dann hab ich fast verpennt.«

»Seine Schwester Elli studiert nämlich in München«, erklärte Carlo Jenny. »Sie will Lehrerin werden.« Er verdrehte die Augen. »Ausgerechnet Lehrerin!«

»Na und?«, antwortete Jenny ein bisschen schnippisch. »Ich will später auch Lehrerin werden. Wo ist das Problem?«

»Ich will Atomphysiker werden«, sagte Carlo hastig, um Jennys Frage zu überspielen, »jedenfalls so was in der Art.«

»Berufsfußballer«, erklärte Julian. »Ich werd mal Profi.«

Maik ging das Gequatsche auf die Nerven. Gab es denn nichts Wichtigeres zu besprechen? »Und ich werde Karriere als Kriminalhauptkommissar machen!«, feixte er. »So, wir haben unsere

Berufswünsche also geklärt. Können wir jetzt endlich unser taktisches Vorgehen gegen den Unbekannten organisieren?«

Er hatte kaum ausgesprochen, da erklang der Schulgong. Mädchen und Jungs setzten sich langsam in Bewegung und bummelten schwatzend Richtung Schulgebäude.

Auch Jenny und die Jungs setzten sich in Bewegung, vor ihrem Klassenraum drehte Jenny sich aber noch einmal zu ihnen um und rief: »Ich muss euch nachher noch etwas beichten!«

Das hörten die drei jedoch nicht mehr. Das Geschnatter auf dem Flur war zu laut. Außerdem kam ihr Lehrer Herr Bertels schon herbeigeeilt. Der Deutschlehrer wollte trotz des letzten Schultages vor den Weihnachtsferien richtigen Unterricht veranstalten! Die Kids protestierten vergeblich.

Herr Bertels verteilte Blätter mit der Geschichte *Ein Hund namens Heinrich,* die hatte mit Weihnachten gar nichts zu tun und im Text fehlten die Verben. Die sollten die Schülerinnen und Schüler sich ausdenken und in die Lücken eintragen. Das Gemurre rührte den Lehrer nicht.

In der zweiten Stunde hatten Julian, Maik und Carlo Englisch. Frau Abromeit hatte eine Szene aus der Story *The white shark* ausgesucht, die wurde nun mit verteilten Rollen gespielt. Das machte wenigstens Spaß! Maik sprach bewusst nuschelnd und stotternd den Text eines alten Hochseefischers so krass, dass die anderen sich vor Lachen die Bäuche hielten. So ging die Stunde rasch vorüber.

Und dann begann die Weihnachtsfeier der Jahrgangsstufe in der Aula. Zuerst sang der Chor mit Jenny in der vorderen Reihe eine Popversion von *Morgen kommt der Weihnachtsmann,* und bekam prasselnden Beifall und anerkennende Pfiffe. Es folgten weitere musikalische Einlagen und Weihnachtsgedichte. Dann hielt die Direktorin ihre Rede, die zwar ziemlich witzig war, aber viel zu lang. Zum Schluss grölten alle zusammen *Leise rieselt der Schnee.* Es klang fürchterlich. Die meisten hielten sich die Ohren zu. Und dann:

Weihnachtsferien!

Allerdings hatten die Musketiere anderes im Kopf als Weihnachten, denn sie hatten einen komplizierten Fall zu lösen, der ihren Abenteuergeist geweckt hatte. Wieder trafen sie sich mit Jenny an der Frittenbude von Juppi Brömmelkamp, die war inzwischen geöffnet. Aber für Currywurst oder Pommes rotweiß hatten sie weder Zeit noch Geld.

Carlo sagte: »Also, wie abgemacht. Jenny steigt in den Bus, sucht sich einen Fensterplatz und packt den Rucksack auf den Sitz zum Mittelgang. Und Julian, Maik und ich setzen uns in die Nähe und halten die Smartphones bereit für Beweisaufnahmen. Aber Vorsicht! Der Unbekannte darf nix merken.«

»Sollen wir den Unbekannten nicht einfach Mister X nennen? Hört sich spannender an«, sagte Julian.

Jenny meinte, einen Mister X gebe es doch schon in tausend Büchern und Filmen. »Wie wär's mit Mister Y?«

»Meinetwegen.« Maik war einverstanden. »Jetzt schlendern wir ganz langsam in Richtung Bushaltestelle. Niemand darf erkennen, dass wir ein Team sind. Jenny, steig noch nicht in den nächsten Bus ein, nimm erst den übernächsten, okay?«

»Und warum?«

»Weil wir ein bisschen Zeit brauchen, um die Lage zu peilen. Könnte ja sein, dass Mister Y sich auffällig benimmt, wenn er dich sieht.«

Carlo meinte cool: »Frieren wir uns halt so lange die Nasen ab!«

Jenny wirkte nicht begeistert über diese Aussicht. Doch schließlich erklärte sie zerknirscht: »Solange es hilft, den Fall zu lösen, meinetwegen.«

Die Jungs grinsten sich an. Sie klang schon ganz wie eine Detektivin!

Wartet Mister Y schon auf Jenny?

Lies morgen weiter!

7. Dezember

Alles kommt ganz anders

An der Bushaltestelle herrschte an diesem Freitagvormittag große Hektik. Nicht nur Schüler tummelten sich dort. Es war Schlussspurt vor dem Weihnachtsfest und letzte Geschenke mussten besorgt werden.

Julian hatte sich genau wie Carlo und Maik unter die wartenden Leute gemischt. Er bewegte sich ganz lässig und summte die Melodie von *Jingle Bells* vor sich hin. In Wirklichkeit war er jedoch hellwach und ließ unbemerkt den Blick schweifen. War einer unter diesen vielen Menschen der unbekannte Mister Y? War da ein circa siebzehnjähriger, der Jenny scharf beobachtete? Julian sah niemanden, der als Verdächtiger infrage kam. Doch er traute dem Frieden nicht. Beobachtete der Unbekannte Jenny vielleicht aus einem besonders raffiniert gewählten Versteck? Oder lauerte er in Verkleidung auf einen günstigen Moment?

Von Maik und Carlo kamen zwei Nachrichten: *NIX VERDÄCHTIGES!*

Julian antwortete: *TOTE HOSE AUCH BEI MIR.*

War ihr Plan in Wahrheit eine große Pleite?

Jenny jedenfalls machte ihre Sache perfekt. Sie trippelte in der Nähe des Haltestellenschildes herum, tat so, als telefonierte sie, und lachte in ihr Handy hinein. Ganz cool und ungezwungen wirkte sie. Falls Mister Y sie im Visier hatte: Jenny wirkte ganz und gar nicht so, als wüsste sie, dass sich ein rätselhafter Schlüssel in ihrem Rucksack befände. Der Unbekannte konnte also unbesorgt sein. Scheinbar jedenfalls! Aber er musste an den Rucksack rankommen. Und genau auf diesen Versuch warteten die drei Detektive.

Carlo gab heimlich das Zeichen. Wenn der nächste Bus der Linie 4 in die Bucht der Haltestelle einfuhr, sollte Jenny sich nach vorn drängeln, fix einsteigen und einen Fensterplatz erobern.

Der Bus kam. Ein großes Durcheinander entstand. Wenige Leute stiegen aus, viele wollten einsteigen und drängten sich an die Türen. Aber die entschlossene Jenny schlüpfte geschmeidig wie eine Schlange an den mit Tüten und Taschen bepackten Dränglern vorbei und erwischte im Hechtsprung einen Fensterplatz. Den halb geöffneten Rucksack stellte sie fast einladend für Mister Y auf den Platz neben sich. Das war geschafft!

Jedenfalls schien es so. Doch es kam alles ganz anders.

Carlo, Maik und Julian hatten sich – bewusst entfernt voneinander – Plätze im Bus gesucht, von denen aus sie Jenny gut beobachten konnten. Versteckt hielten sie die Smartphones bereit. Maik war nur etwa drei Meter von Jenny entfernt. Weiter weg standen Julian und Carlo in Bereitschaft. Nicht alle Fahrgäste hatten Sitzplätze gefunden im überfüllten Bus.

Plötzlich stand eine füllige Frau neben Jennys Sitzreihe. Wütend funkelte sie Jenny an. »Nee, nee, Fräulein, so läuft dat hier aber nich!«, keifte sie. »Nu nimm mal fix den Rucksack da weg! Haste kein Benehmen, Kleene?«

Verschämt und mit hochrotem Kopf zog Jenny den Rucksack auf ihren Schoß. Die Frau hatte ja recht, normalerweise würde sie in einem vollen Bus keinen Platz blockieren. Aber leider brachte sie den Plan durcheinander.

Mit einem zufriedenen Nicken ließ sich die Frau auf den Sitzplatz neben Jenny plumpsen. Sie hatte einen monstergroßen Karton auf den Knien.

Carlo hätte am liebsten frustriert aufgeschrien. Denn nun schob sich zu allem Überfluss auch noch ein Teenager-Mädchen im Mittelgang dicht neben den Platz der dicken Frau. Sie hatte ein lila Nasenpiercing, modische Risse in den Jeans und Kopfhörer auf den Ohren. Und sie stopfte sich im Rekordtempo aus einer großen Plastiktüte Popcorn in den Mund und kaute knirschend.

Genervt schob Carlo sein Smartphone zurück in die Tasche. Er hatte keine Chance mehr, einen Blick auf Jenny und ihren

Rucksack zu werfen. Maik und Julian ging es ähnlich. Die Jugendliche und die Frau mit dem wuchtigen Karton versperrten ihnen die Sicht im überfüllten Bus. Den scheinbar so raffinierten Plan konnten sie in die Tonne treten.

Ob Mister Y sich trotzdem irgendwo unter den Fahrgästen befand?

Die Jungs verständigten sich stumm mit Blicken, dann schielten sie nach allen Seiten. Schüler und eine Menge Leute mit Einkaufstaschen, alle dick eingepackt in Mützen und Schals. Nichts Verdächtiges.

Das einzig Gute an der Situation: Sollte der Unbekannte in der Nähe sein, so war er ebenfalls hilflos. Wie sollte er sich unter diesen Umständen Jenny und ihrem Rucksack nähern? Sie wurde von der Frau und ihrem Karton so dicht ans Fenster gedrückt, dass er auf keinen Fall unbemerkt zu ihr durchkommen würde.

Ob Mister Y sich an sie ranmachen würde, wenn Jenny aus dem Bus stieg?, rätselte Julian. Das würde ein ganz schöner Flop für ihn sein, denn er könnte noch so geschickt rumfingern im Rucksack: Der Rochusschlüssel war in Maiks Dufflecoat gut versteckt. Aber dann würden er und seine Kumpels ihn identifizieren können!

Der Bus näherte sich der Haltestelle *Am roten Wasserturm*. Am besten, Jenny stieg hier aus, damit die Falle gleich zuschnappen konnte. Doch ehe Carlo ihr das signalisieren konnte, fing die Popcornknusperin plötzlich fürchterlich an zu husten. Die Tüte flog ihr aus der Hand, sie spuckte alles, was sie im Mund hatte, quer durch die Gegend, rang röchelnd nach Luft und fiel auf die Knie. Erschrocken kreischten die Leute im Umkreis und wichen angeekelt zurück, die auf den Sitzplätzen duckten sich und kreuzten die Hände über dem Kopf.

Das Mädchen erholte sich schnell von dem Hustenanfall. Aber anstatt aufzustehen, blieb sie auf den Knien und kroch hektisch auf dem klatschnassen Gummiboden herum, als wolle sie den Inhalt ihrer Popcorntüte wieder einsammeln. Dabei quetschte sie sich an den Beinen der dicken Frau vorbei, stieß ihr den Karton von den Knien und zog sich dicht vor Jenny wieder auf die Beine.

Endlich begriffen die Musketiere, was sich da abspielte. Aber wie sollten sie in diesem Chaos brauchbare Beweisfotos aufnehmen? Alles geschah atemberaubend schnell.

Jenny schrie auf, als sich das Mädchen über sie beugte und ihr mit der Handkante auf die Nase schlug. Alles verschwamm vor Jennys Augen, als der dumpfe Schmerz sie durchfuhr. Innerlich verfluchte sie sich selbst. Wieso war sie so überrascht? Hatte sie denn nicht mit irgendeiner Attacke rechnen müssen, ja, hatten sie nicht darauf gewartet, dass der Unbekannte endlich in Aktion trat? Das war doch der Sinn des Planes, Mister Y zu identifizieren und in die Falle laufen zu lassen! Aber Jenny hatte sich das alles ganz anders vorgestellt, nicht so heftig und nicht so brutal.

Sie hörte die Geräusche von nervös fummelnden Fingern in ihrem Rucksack und dachte: *Nach dem Schlüssel kannst du suchen, bis du schwarz wirst, du blöde Kuh!*

Das Mädchen merkte sehr schnell, dass sie reingelegt worden war – und dass Jenny den Schlüssel nicht mehr bei sich hatte. Sie fackelte nicht lange: Als der Bus an der Haltestelle bremste und die Türen sich mit Schmatzgeräuschen öffneten, boxte sie sich den Weg frei und sprang – wenn auch ohne Beute – nach draußen auf den Bürgersteig und sprintete in eine schmale Gasse hinein.

Jenny blinzelte, um die Schwärze vor ihren Augen zu vertreiben. Die Stiefel! Es flimmerte zwar immer noch vor ihren Augen, aber die Stiefel des Mädchens nahm sie trotzdem wahr. Braune Stiefel mit Ziernähten und hohen Absätzen. Cowboystiefel. Diese Stiefel hatte Jenny auch gestern schon gesehen.

Wer ist das gerissene Mädchen?

Lies morgen weiter!

8. Dezember

Mister Y ist ein Mädchen

Julian, Carlo und Maik schrien gleichzeitig: »Stopp!« Der Busfahrer wollte nämlich die Türen schon wieder schließen. Jenny tastete erst einmal ihre Nase ab, bevor sie sich an der dicken Frau und ihrem Karton hastig vorbeiquetschte in Richtung Tür. Nix wie raus und hinterher! Verwirrte Fahrgäste riefen wild durcheinander. Keiner hatte begriffen, was da gerade passiert war. Jenny und den Jungs wurde es auch erst klar, als sie zusammen aus dem Bus stolperten. Doch zu spät. Das Mädchen war verschwunden. Irgendwo in der Nähe sprang ein Automotor an. Noch immer sprachlos schauten sie einander an. Ihr so ausgeklügelter Plan war komplett nach hinten losgegangen. Das Mädchen hatte sie ausgetrickst wie absolute Detektivanfänger.

»Sollen wir hinterher?«, fragte Julian heiser.

Maik schüttelte entschieden den Kopf. »Du hast doch den Automotor gehört. Die ist längst über alle Berge. Warum haben wir Idioten nicht daran gedacht, dass Mister Y auch ein Mädchen sein könnte?«

»Weil wir Idioten sind«, stellte Carlo sachlich fest. »Emanzipation! Auch Mädchen können Kriminelle sein, ist doch logisch«

Jenny verdrehte genervt die Augen. Für solche Machosprüche hatte sie nichts übrig. Aber immerhin ließ das höllische Brennen ihrer Nase langsam nach. »Die Stiefel!«, rief sie plötzlich aufgeregt. »Als die Clique gestern aus dem Bus stürmte, hab ich keine Gesichter gesehen, aber Rücken und Beine und Schuhe. Ich erinnere mich jetzt. Die Cowboystiefel! Das Mädchen gehörte zu den Randalierern vom Berufskolleg, ganz sicher. Und die hat mir den Rochusschlüssel ...«

Maik winkte ab. »Ist schon klar, Jenny, die hat den Schlüssel bei dir eingelagert und will ihn unbedingt wiederhaben. Das hatten wir doch schon.« Er klopfte triumphierend auf die

Stelle seines Mantels, unter der jener begehrte Rochusschlüssel versteckt war. »Aber ihr Überraschungsangriff ist voll in die Hose gegangen.«

»Nee, voll auf meine Nase!« Jenny verzog das Gesicht. »Habt ihr wenigstens Bilder von ihr gemacht?«

Betretenes Schweigen. Keine Videos, keine Fotos, nur ein paar undeutliche Wischer, auf denen nichts zu erkennen war. Mit dem Mädchen hatten sie ja nicht gerechnet. Als sie die Handys hochgerissen hatten, war alles schon zu spät gewesen.

»Müssen wir das hier auf der Straße bequatschen?«, nörgelte Julian. »Ich bin schon tiefgefroren.«

»Gehen wir zu mir nach Hause!«, schlug Jenny vor und trabte los.

Die Jungs schnappten sich ihre Rucksäcke und liefen hinter ihr her. Es war nicht weit. Jenny schloss die Wohnungstür auf und drehte erst einmal die Heizung in ihrem Zimmer hoch, weil es lausig kalt war. Carlo, Julian und Maik bestaunten die Tierfotos an den Wänden.

»Hast du die Bilder selber geschossen?«, fragte Maik beeindruckt.

Jenny nickte und wurde ein bisschen rot vor Stolz. Dann holte sie aus der Küche zerbrochene Stücke von dem Honigkuchen, den sie mit ihrer Cousine Tanja für die Oma gebacken hatte. Gierig machten die Jungs sich darüber her.

Dann wischte Carlo sich die Krümel vom Pullover und verkündete feierlich: »Unsere Ermittlungen gehen weiter, auch wenn wir die erste Runde vermasselt haben. Echte Detektive sind zäh und geben ...«

» ... niemals auf!«, stimmte Julian grinsend ein. »Was hast du diesmal für eine grandiose Idee, Carlo?«

Lässig erhob Carlo sich aus dem Schneidersitz. »Wir drehen den Spieß einfach um. Versteht ihr?«

»Nö!«, riefen Jenny, Maik und Julian im Chor und lachten.

»Wir ändern einfach die Taktik«, verkündete Carlo. »Bisher

hat das Mädchen Jenny gesucht. Jetzt machen wir's umgekehrt: Wir suchen das unbekannte Mädchen. Nur über sie können wir das Rätsel des Rochusschlüssels lösen. Klar? Die entscheidende Frage: Warum ist der Schlüssel so wichtig? Unser Vorteil ist, dass das Mädchen keine Chance mehr hat, Jenny zu finden.«

»Und warum nicht?«, fragte Maik und stopfte sich Honigkuchen in den Mund.

»Weil die Weihnachtsferien angefangen haben. Deshalb. Jenny fährt vorläufig nicht mehr mit dem Bus. Das Mädchen kennt Jennys Namen nicht und ihre Adresse natürlich auch nicht. Für sie ist der Schlüssel futsch. Aber wir fangen jetzt erst richtig an!«

Für ein paar Sekunden war es still im Zimmer, nur das leise Ticken des Weckers war zu hören. Die letzten Honigkuchenbrocken waren verspeist.

Maik, der bäuchlings auf dem Schafsfellteppich gelegen hatte, stemmte sich hoch. »Unlogisch, Carlo! Ich kombiniere mal, dass wir das Mädchen auch nicht finden können.« Er tippte Jenny auf die Schulter. »Du glaubst doch, dass sie und die anderen aus der Clique Schülerinnen und Schüler vom Berufskolleg sind. Richtig?«

»Ja, das meine ich. Aus der Münchener Straße.«

»Und das ist der Knackpunkt.« Maik zupfte nervös an den Teppichfransen herum. »Beim Berufskolleg haben auch die Ferien angefangen. Das seh ich doch richtig, oder? Also hat das Mädchen auch keinen Grund mehr, mit dem Bus zu fahren. Wir sind erledigt! Oder sollen wir etwa an sämtlichen Türen klingeln und fragen: Wohnt hier vielleicht ein Mädchen mit Cowboystiefeln?«

Da fragte Julian plötzlich: »Was ist eigentlich ein Berufskolleg?«

»So 'ne Art Kindergarten für Teenager«, frotzelte Maik. Er wusste es nämlich auch nicht so genau.

Jenny schaute Maik milde lächelnd an. »Du Spinner! Auf

'nem Berufskolleg kann man einen Schulabschluss nachholen und auch was für die Weiterbildung tun. Manche schlampen in der Schule ja einfach so rum. Und dann kommt plötzlich der Tag, da kapieren sie, dass sie einen miesen Abschluss haben oder überhaupt keinen und dazu ein beschissenes Zeugnis. Wenn sie clever sind, dann nehmen sie einen neuen Anlauf auf dem Berufskolleg.«

»So 'ne Art zweite Chance?«, fragte Julian.

»Kann man so sagen!« Jenny nickte. »Ich glaube, da gibt's nicht bloß die normalen Schulfächer wie Mathe und Deutsch und Englisch, da werden auch so Sachen unterrichtet, die mit Berufen zu tun haben. Berufsvorbereitung also.«

»Gar nicht so uncool«, gab Maik zu. »Und wer schon 'ne Lehre oder so hinter sich hat, kann der dann auf 'nem Berufskolleg so echt auf Weiterbildung machen?«

Jenny erklärte weiter: »Mein Cousin Jonas, der Bruder von Tanja, also, der hat eine Ausbildung als Mechatroniker gemacht. In der Autowerkstatt von Tönne Niedermeyer. Aber dann war er heiß darauf, Ingenieur zu werden. Maschinenbau. Auf dem Berufskolleg an der Münchener Straße hat er das Abi nachgeholt – und jetzt studiert er in Aachen. Nur mal so als Beispiel.«

Carlo trommelte ungeduldig gegen das Bettgestell. »Mensch Leute, wir sind hier, um über eine Taktik zu beraten, wie wir die Identität des Mädchens rausfinden, und nicht, um über Schulabschlüsse zu quatschen.«

Eine Zeit lang grübelten sie nun alle stumm vor sich hin.

»Ich hab's!«, rief Jenny plötzlich. »Aber vorher muss ich euch was beichten«, fügte sie zerknirscht hinzu. »Wollte ich vorhin schon tun.«

Was will Jenny den drei Jungs beichten?

Lies morgen weiter!

9. Dezember

Was hat in Jennys Gedanken geblitzt?

Na hopp, Jenny!«, forderte Maik. »Spuck's schon aus. Oder willst du, dass wir vor Neugier platzen?«

Verlegen guckte Jenny zur Zimmerdecke und biss sich auf die Unterlippe. Dann gab sie sich einen Ruck.

»Ich hab Julian gestern versprochen, nichts von eurem Geheimversteck zu verraten, aber dann ...« Jenny suchte nach den richtigen Worten. »Das war auch nicht geflunkert. Ich wollte auch nichts verraten. Ehrenwort! Aber Tanja hat mich ... Wie soll ich das sagen?«

»Stopp!« Maik winkte ab. »Sag doch ganz einfach, was passiert ist, okay?«

»Okay. Meine Cousine war sauer, weil ich zu spät gekommen bin. Sie hat vor der Haustür gewartet und war schon beinahe erfroren. Natürlich wollte sie wissen, wo ich gewesen war, wo wir doch zum Honigkuchenbacken verabredet waren. Ich hab dann so'n bisschen rumgedruckst und ihr eine Ausrede erzählt, aber sie hat mir Löcher in den Bauch gefragt – und da ist es mir rausgeplatzt.«

»Was ist dir rausgeplatzt?«, fragte Carlo.

»Na dass ich bei euch im Geheimversteck war, das ist mir rausgeplatzt«, gab Jenny schließlich zu. »Und das mit dem Rochusschlüssel, das hab ich ihr auch verraten, und dass das jetzt ein Kriminalfall ist und dass ihr jetzt ermittelt wie echte Detektive und ...«

Julian streckte mit einer flehenden Geste die Hände zur Zimmerdecke und unterbrach Jenny mitten in ihrem Redeschwall: »Ist ja gut, Jenny, ist ja gut! Erstens: Wir *sind* echte Detektive. Und zweitens: Wir reißen dir doch nicht den Kopf ab, bloß weil Tanja jetzt was von unserem Versteck auf dem vergammelten Gewerbegebiet weiß.« Er zwinkerte Jenny freundlich zu.

Jenny atmete hörbar erleichtert aus und warf Julian einen

schnellen Blick zu. Schon wieder spürte sie, dass ihre Ohren heiß wurden und sich ein bisschen röteten. Peinlich! Schnell lenkte sie ab: »Tanja wohnt in der Südstadt, sie geht auf eine andere Schule. Beim Kuchenbacken hat sie mir erzählt, dass sie euch drei gern mal kennenlernen würde.«

»Wow, das wird ja immer besser!«, knurrte Maik. »Will deine Cousine vielleicht mit Carlo Händchen halten oder so?«

»Schnauze!«, blaffte Carlo und warf einen bösen Blick zu Maik.

Maik spielte den Verzweifelten und ließ sich rückwärts auf das Bett fallen. Er liebte die große Show. »Leute, wir dürfen keine Zeit verplempern! Wir müssen das Mädchen finden, solange die Spur noch heiß ist. Also, Jenny, was ist jetzt mit deinem Geistesblitz? Raus damit!«

»Ich glaube, dass Tanja uns helfen könnte, die Identität von dem unbekannten Mädchen zu ermitteln. Sie kennt sich mit dem Berufskolleg einigermaßen aus. Jonas, ihr Bruder, ihr wisst schon. Der war doch Schüler da im Kolleg und daher ...«

Carlo wiegte zweifelnd den Kopf. Er meinte, es sei doch bloß eine Vermutung, dass das Mädchen dort zur Schule gehe, außerdem hätten sie doch auch dort längst die Türen dichtgemacht wegen der Ferien. Julian widersprach. Da sei doch noch eine Menge zu ordnen und abzuwickeln, wenn die Schülerinnen und Schüler längst den schnellen Abgang gemacht hätten. Verwaltungskram, Aufräumarbeiten im Schulsekretariat, Putzfrauengeschwader, Schlussbesprechung mit der Direktion und solche Sachen.

Das konnte Maik nur bestätigen. »Wahrscheinlich veranstalten sie im Lehrerzimmer auch noch 'ne kleine Weihnachtsfeier. Also, Jennys Idee ist möglicherweise gar nicht mal so schlecht. Wir sollten es versuchen: Einsatz für Jenny und Tanja!«

»Und was macht ihr?« Jenny schaute die Jungs der Reihe nach an.

»Rochus«, sagte Julian. »Wir fahren jetzt zweigleisig – wenn

ihr versteht, was ich meine. Jenny und ihre Cousine finden die Identität des Mädchens raus, Maik und Carlo und ich, wir ermitteln bei diesem Haus, das den Namen von dem seltsamen Pestheiligen trägt. Könnte ja sein, dass wir die Tür finden, zu der unser rätselhafter Schlüssel passt.«

»Seit wann machst du hier die Ansagen?« Carlo stemmte die Fäuste in die Hüften. »Das wird ausdiskutiert, wenn wir eine Aktion planen. Außerdem ist das nicht *unser* Schlüssel. Garantiert hat das Mädchen ihn geklaut. Fragt sich nur: von wem?«

Maik fand diese Besserwissereien so entbehrlich wie Spinat und Blumenkohl. »Mal ganz easy, ihr Kampfhähne! Wir haben einen komplizierten Fall aufzuklären. Konzentrieren wir uns also, klar? Julians Vorschlag ist okay.« Dann zupfte er an Jennys Pulliärmel. »Bist du dir sicher, dass Tanja mitmacht?«

»Ziemlich.« Jenny nickte heftig. »Ich ruf sie gleich an.«

Julian zeigte schmunzelnd auf ein an die Wand gepinntes Foto mit zwei weißen Pferden, die einander die Köpfe zuneigten. Es sah aus, als küssten die Pferde sich. »Dann schwingt mal die Hufe und galoppiert zum Berufskolleg, Jenny!«

»Du Spinner!« Jenny lachte laut. Anscheinend fand Julian die Szene mit den Pferden besonders gut. Das freute sie. »Sind Tanja und ich dann auch richtige Detektivinnen?«

Carlo kniff die Augen zu Schlitzen zusammen und starrte Jenny streng an. »Na ja, wir wollen nicht gleich übertreiben. Sagen wir mal so: Ihr seid ab heute ganz offizielle Detektivanwärterinnen. Einverstanden?«

Irgendwo in der Wohnung der Familie Neyer schlug melodiös eine Wanduhr.

Schon zwölf! Die drei Freunde griffen sich ihre Rucksäcke. Rasch mit dem Bus zurück in die Innenstadt. Einen Happen essen, die Eltern informieren, die Kriminalistenausrüstung einstecken – und ab zum Einsatz.

Fast gleichzeitig kamen Maik, Julian und Carlo kurze Zeit später am Treffpunkt vor der Frittenbude an.

Maik hatte sich bereits per Handy schlaugemacht. »Wir müssen rüber zum Rathausplatz. Zwei Stationen mit der Straßenbahn bis zum Wallneypark, dann sind's nur noch ein paar Schritte«, erklärte er den anderen.

»Gelten bei der Straßenbahn auch unsere Schülerkarten?«, fragte Julian.

»Aber hundertpro«, wischte Maik die Frage mit einem lässigen Achselzucken weg. »Wir merken es ja spätestens, wenn ein Kontrolleur kommt.«

Wieder Gedränge an der Haltestelle, aber die Jungs schlüpften schnell zwischen den mit Weihnachtseinkäufen beladenen Leuten durch. Kaum drei Minuten dauerte die Fahrt bis zum Wallneypark. Carlo, Maik und Julian liefen zügig durch den Park. Vorbei an Kastanienbäumen und ein paar vergammelten Bänken, bis sie hinter dem etwas runtergekommenen Park plötzlich auf ein sehr nobel aussehendes Gelände stießen.

Ein Gitterdrahtzaun ragte empor, mindestens fünf Meter hoch, Kletterrosen und Holundergesträuch schlangen sich um die Gitterstäbe. Im schummerigen Dunst waren die Ausmaße des Geländes nur zu erahnen, aber dieser Zaun schien eine gewaltig große Fläche zu umschließen.

Und dann war da das elegante, kunstvoll geschmiedete, hochragende, altmodische Tor mit Spitzen wie von Ritterspeeren. Vergoldete Schnörkelbuchstaben verkündeten:

SENIORENRESIDENZ SANKT ROCHUS

»Boah!« Carlo schaute durch eine Lücke zwischen den Metallverzierungen. »Das haut den stärksten Eskimo vom Schlitten. Seht ihr das rote Haus hinter den Hecken? Echt schnieke! Und so groß wie 'ne Villa für die ganz Reichen.«

Was erwartet die Spürnasen hinter dem wunderlichen Tor?

Lies morgen weiter!

10. Dezember

Der Glatzenkönig kennt den Namen

Tanja holte ihre Cousine zu Hause ab und dann fuhren die beiden trotz des kalten Sprühregens, der ihnen ins Gesicht peitschte, mit den Fahrrädern zur Münchener Straße.

Tanja hatte begeistert zugesagt, als Jenny sie am Telefon fragte, ob sie sich traue, bei dem Kriminalfall mitzumachen, denn erstens wartete da ein spannendes Abenteuer auf sie und zweitens lernte sie so die Jungs kennen, von denen Jenny ihr erzählt hatte. Drei Musketiere mit detektivischen Fähigkeiten!

Die Schulgebäude wirkten trostlos und abweisend. »Sieht aus wie ein Knast«, stellte Jenny nüchtern fest.

Tanja sprang ab. »Stimmt, aber drinnen sieht es nicht so schlimm aus.« Sie lehnten ihre Räder an die Hauswand. Die Uhr über dem Eingang zeigte 13.52 Uhr. Mit Schwung stieß Tanja die Tür auf. Sie kannte sich hier ja aus. In der Pausenhalle war Sägemehl ausgestreut, das sollte wohl die Nässe aufsaugen. Aus den oberen Etagen drang das Gejaule von Staubsaugern herunter. Niemand war zu sehen.

Die Mädchen stapften die breite Treppe hinauf. Tanja klopfte an die Glastür, neben der *Sekretariat* stand. Jemand hatte einen Kaugummi auf das Schild geklebt.

»Scheint niemand drin zu sein«, sagte Jenny.

»Gehen wir einfach mal rein.« Tanja drückte die Klinke runter.

Es war doch jemand drin. Eine langhaarige Frau nämlich, die trotz der Wärme im Raum eine Art Pelzjacke trug. Sie tippte geschäftig auf der Tastatur ihres Computers herum.

»Guten Tag!«, riefen die Mädchen gleichzeitig und setzten ihre freundlichsten und unschuldigsten Gesichter auf.

Die Schulsekretärin stieß sich mit ihrem Drehstuhl ein Stückchen vom Schreibtisch ab, rückte die schwarz gerandete Brille zurecht und fragte stirnrunzelnd: »Was wollt ihr denn hier?«

»Entschuldigen Sie die Störung!« Tanja trat einen Schritt vor. »Wir haben nur mal schnell 'ne Frage. Wir bräuchten bitte den Namen und die Adresse von einer Schülerin.«

Die Frau schüttelte den Kopf. »Könnt ihr vergessen. Wir geben niemals die Namen und die Anschriften von Schülerinnen und Schülern an Fremde heraus. Und außerdem haben die Weihnachtsferien begonnen.« Wie zum Beweis zeigte sie auf einen Tannenbaumwinzling im Aktenregal, an dem drei silberne Glöckchen baumelten. »So, jetzt zischt ab! Ich habe zu tun.«

Jenny tat so, als hätte sie das gar nicht gehört. »Es geht um diese Handschuhe. Die hat ein Mädchen vom Berufskolleg im Bus vergessen. In der Linie 4.« Jenny zog zwei gestrickte Handschuhe aus der Seitentasche ihres Mantels und hob sie hoch. Natürlich waren es ihre eigenen Handschuhe. »Die wollen wir dem Mädchen gern wiedergeben. Aber wir kennen ihren Namen nicht und die Adresse auch nicht. Ein großes, ziemlich schlankes Mädchen war das. So um die siebzehn Jahre rum. Perle am Nasenflügel ...«

»Ja und Stiefel mit so geschnörkelten Nähten und hohen Absätzen«, erklärte Tanja weiter. »So cowboystiefelmäßig. Ziemlich auffällig.«

Die Schulsekretärin verzog den Mund zu einem schmalen Strich und breitete die Arme aus. Diese Geste schien zu bedeuten: *Keine Ahnung. Interessiert mich auch nicht. Hab ich nix mit zu tun.* »Ich habe doch klar und deutlich gesagt, dass wir keine Auskünfte geben.«

»Und wenn das Mädchen nur dieses eine Paar Handschuhe hat?«, rief Jenny empört. »Es ist echt kalt draußen! Weihnachten ohne Handschuhe, das geht doch gar nicht. Sie sind schuld, wenn die Schülerin sich erkältet und ...«

Die unfreundliche Frau wandte sich wieder ihrem Computer zu. Ihre Taktik war nun, die beiden Mädchen einfach zu ignorieren. Aus einem Nebenraum waren aufgeregte Stimmen zu hören. Nein, eine fröhliche Weihnachtsfeier des

Lehrerkollegiums fand dort nicht statt, es handelte sich wohl eher um eine Krisensitzung.

»Komm«, sagte Jenny leise und zog ihre Cousine hinter sich her, »bei dieser Weihnachtsgans haben wir keine Chance.«

Sie verließen das Büro und schlenderten enttäuscht die Treppe zur Eingangshalle hinunter. Dort kehrte ein Mann mit einem seltsamen Blasgerät das Sägemehl zu kleinen Haufen zusammen. Der Mann trug eine graue Latzhose und hatte eine Glatze, die rosig wie eine Christbaumkugel leuchtete.

Tanja schniefte in ihren dicken weißen Wollschal und kicherte. »Das ist der Glatzenkönig.«

»Hä?« Jenny verstand nicht. »Wieso Glatzenkönig?«

»Weil er so 'ne tolle Glatze hat und außerdem König heißt. Er ist hier der Hausmeister. Das weiß ich von Jonas. Dass er seinen Spitznamen selber klasse findet, das hat mein Bruder auch mal erwähnt.«

Hatte der Hausmeister gespürt, dass über ihn geredet wurde? Er schaltete das Krachgerät aus und schaute die beiden Mädchen mit gerunzelter Stirn an. »Sucht ihr was Bestimmtes?«

»Ach, Herr König, das ist toll, dass wir Sie treffen!« Tanja strahlte den Hausmeister an, als hätte sie einen Sechser im Lotto gewonnen. »Wir suchen den Namen einer Schülerin und die Adresse dazu. Sie können uns bestimmt helfen!«

»Woher kennst du meinen Namen?«, fragte der Mann verblüfft.

»Von meinem Bruder. Jonas Neyer. Erinnern Sie sich an ihn? Ich bin seine Schwester.« Tanja zeigte auf Jenny. »Das ist meine Cousine. Jonas war Schüler hier. Jetzt studiert er. Hat viel von Ihnen erzählt. Dass Sie der beste Hausmeister seien und so.« Das war natürlich ziemlich dick aufgetragen, aber es wirkte.

Der Glatzenkönig fasste sich an die Stirn. »Neyer? Jonas Neyer? Klar, der lange Lulatsch! Unser Basketballstar. Und der hat euch von mir erzählt?« Der Mann fühlte sich geschmeichelt, das war eindeutig. »Und du bist wirklich seine Schwester?«

»Ja, bin ich wirklich. Und Jenny Neyer ist wirklich seine Cousine. Wir brauchen unbedingt den Namen und die Anschrift einer Schülerin vom Kolleg hier. Sie hat nämlich ihre Handschuhe im Bus liegen gelassen. Die wollen wir ihr bringen.«

Jenny zog ihre Nummer ab und hielt die Handschuhe hoch. »Echt teure Handschuhe und ziemlich neu. Bestimmt macht die Schülerin sich schon Sorgen. So eine dünnes Mädchen mit 'nem Stecker in der Nase. Und Cowboystiefel hat sie an, so braune mit hohen Absätzen. Die kennen Sie doch bestimmt!«

Der Hausmeister stemmte sich auf den Elektrobläser und schaute grübelnd zur Decke. »Aber klar doch! Ich weiß, wen ihr meint. Die Mirjam. Mirjam Svoboda. Aber die Adresse, die weiß ich nicht. Fragt doch mal im Sekretariat!«

»Im Sekretariat ist niemand«, flunkerte Jenny. »Zum Glück konnten Sie uns ja helfen, Herr König. Danke!«

Tanja bedankte sich ebenfalls. »Wir rufen die Mirjam an. Ihre Telefonnummer kriegen wir locker raus.« Schon spurtete sie los. »Schöne Ferien!«

»Bestellt dem Jonas einen Gruß vom Glatzenkönig!«, rief der Hausmeister den Mädchen nach.

Die beiden Cousinen radelten zum Postamt am Schillertor. Mit ihren Handys konnten sie die Adresse nicht herausfinden, aber mit dem dicken Telefonbuch bei der Post war das kein Problem. Der Name *Svoboda* kam nur einmal im Stadtbereich vor, *Stefan und Sabine Svoboda*. Das mussten die Eltern sein. *Goldammerweg 13*.

Jenny schickte Julian eine SMS. *Name und Anschrift vom Mädchen ermittelt. Tanja und ich bleiben dran.*

»Jetzt sind wir richtige Musketierinnen«, sage Tanja.

Haben die Jungs mit ihren Recherchen auch Erfolg?

Lies morgen weiter!

11. Dezember

Jemand lauert im Gebüsch

Minutenlang schauten die Jungs zu dem imposanten Haus hinüber, das rot zwischen Zierhecken, Baumgruppen und hügeligen Rasenflächen lag und fast die Ausmaße eines modernen Schlosses hatte. Ein paar kleinere Nebengebäude waren zu erkennen, ein Fahnenmast ohne Fahne, Efeuranken rund um das Portal mit den schlanken Säulen. Dunstschleier umwehten das hohe Schieferdach.

Carlo klappte den Mund zu, der ihm vor lauter Staunen offen gestanden hatte. »So 'ne Hütte wär' genau meine Kragenweite! Da würde ich jeden Tag fette Partys feiern! Aber wer kann sich denn so einen Nobelschuppen leisten?«

»Doofe Frage!« Julian zeigte auf das Schild. *»Seniorenresidenz Sankt Rochus*. Bist du blind? Da wohnen alte Leute drin. Seniorinnen und Senioren.«

Carlo verteidigte sich. »Aber warum ist hier alles so still? Es ist keiner zu sehen. Kommt mir vor wie ausgestorben.« Er rüttelte an den Stäben des altmodischen Tors.

»Was bedeutet eigentlich *Residenz?«,* fragte Carlo. »Komisches Wort.«

Maik wusste es. »Wohnsitz für vornehme Leute. Fürsten, Großgrundbesitzer und so.« Er klopfte gegen das Schild. »Hier könnte auch einfach stehen: *Altenheim*. Klingt nur nicht so protzig.« Nervös fummelte er den Rochusschlüssel aus der Innentasche des Dufflecoats. »Männer, wir sind nicht zum Spaß hier, wir müssen einen Fall lösen. Jenny hat uns schließlich beauftragt. Lasst uns mal versuchen, ob wir mit diesem Schlüssel das olle Tor aufkriegen.«

Julian winkte ab. »Keine Chance. Seht ihr nicht? Da ist ein supermodernes Sicherheitsschloss eingebaut. Und 'ne Überwachungskamera gibt es garantiert auch irgendwo in der Nähe. Hier kommen wir nicht rein.«

Da bekam Carlo einen mittelstarken Lachanfall. Er hatte auf die Torklinke gedrückt. Es klapperte ein bisschen.

Das Tor war ja offen!

Peinlich für die Detektive, dass sie es nicht bemerkt hatten: Das schwere Tor war nicht abgeschlossen. Jeder konnte hineinstiefeln in den großen gepflegten Park. Und das taten jetzt Maik, Carlo und Julian. Dass das so einfach war! Sie waren fast enttäuscht. Kies knirschte unter ihren Füßen, als sie sich auf dem Hauptweg zwischen verdorrten Ginsterstauden und Hängerosenbögen geduckt dem roten Haus näherten.

Irgendwo auf diesem riesigen Grundstück musste die Siechenkapelle sein! Carlo zog sein Fernglas aus der Anoraktasche. Er sah die krächzenden Dohlen, die den Dachfirst belagerten; er entdeckte Parkbänke in verdeckten Laubnischen auf den Seitenwegen, die herumflitzenden Eichhörnchen als Turngeräte dienten; er erkannte eine Menge geparkter Autos jenseits der Umzäunung auf der gegenüberliegenden Seite des Parks; er bekam dösende Enten an den Ufern kleiner Teiche ins Bild, die sich vor der Kälte ins Schilfgras geduckt hatten ...

Keine Spur von einer Kapelle.

»Wahrscheinlich liegt sie irgendwo auf der Rückseite der hochherrschaftlichen Residenzhütte«, meinte Julian. »Los, weiter!«

Maik breitete die Arme aus und hielt die Nase in den Wind. »Ich kombiniere mal, dass wir echt auf dem Schlauch stehen und ein kriminalistisches Problem zu klären haben. Was hat das Mädchen mit dieser krassen Rochusresidenz zu tun und warum ist ihr der uralte Rochusschlüssel so unheimlich wichtig, dass sie Jenny dafür sogar auf die Nase haut? Wir tappen hier völlig im Dunkeln und haben null Ahnung, was wir überhaupt ...« Weiter kam Maik nicht mit seiner Rede.

Plötzlich war es so, als hätte die Schulglocke zur großen Pause geklingelt. Die Türflügel des roten Hauses flogen auf, alte Männer und Frauen drängelten sich lachend und plaudernd

ins Freie. Klar, Seniorinnen und Senioren. Das war auch aus der Ferne zu erkennen. Warum war es bisher so ruhig gewesen und wo hatten sie die ganze Zeit gesteckt?

Julian hatte verschiedene Theorien. »Ich schätze mal, nach dem Mittagessen haben die erst mal ein Nickerchen gemacht oder die hockten bei Käffchen und Kuchen zusammen oder haben Zeitung gelesen. Und jetzt fängt die Freizeit an.«

Maik begann, die alten Herrschaften zu zählen, und behauptete dann, es handele sich um 67 Frauen und 33 Männer. Julian und Carlo wunderten sich zwar, dass eine runde Summe dabei herauskam, doch es war ihnen nicht so wichtig. Entscheidender war die Feststellung, dass es sich eindeutig um wohlhabende Menschen handelte. Seniorenresidenz. Der Begriff passte.

Manche bummelten allein auf den Nebenwegen, andere spazierten in Grüppchen oder paarweise. Viele der Männer trugen vornehme dunkle Mäntel mit Pelzkragen oder Seidenschal, dazu steife Hüte und elegante Gehstöcke, sportlichere Typen trugen auffällig helle wattierte Skijacken und Schirmmützen, einige waren im Jägerlook mit Lodenmänteln und Filzhüten unterwegs.

Carlo wies mit dem Fernglas auf einen Mann, der offenbar ein Transistorradio unter dem Arm trug. »Seht ihr den Dicken dahinten mit dem Weihnachtsmannbart? Der hat sich sogar einen Fanschal von Borussia Dortmund um den Hals geschlungen. Das finde ich scharf!«

Die Frauen hatten sich meist in helle Wollmäntel oder edle Lederjacken gemummt, Ohrenmützen aus teurem Tierfell dazu und dick gefütterte Winterstiefel. Trotz des tristen Wetters trugen einige große Sonnenbrillen. Eine Dame in Pink hatte die Hände zum Wärmen in einen flauschigen Muff gesteckt, wie es vor vielen Jahren einmal Mode gewesen war.

Manche der Alten humpelten an Krücken, stützten sich auf Rollatoren oder wurden in Rollstühlen von Pflegerinnen und

Pflegern geschoben, die sich dicke Jacken über die cremefarbene Dienstkleidung gezogen hatten.

»Für mich wär das nix, so 'ne Residenz«, brummte Julian. »Den ganzen Tag nur Kaffee und Kuchen oder im Park spazieren gehen – das wär mir zu langweilig.«.

»Wart's nur ab«, erwiderte Maik grinsend. »Irgendwann bist du auch mal ein alter Knacker. Wollen wir nicht endlich weiter?« Er hatte die Szene sorgfältig mit seinem Smartphone gefilmt. Dokumentation ist wichtig für Detektive. Vielleicht spielte jemand von diesen Oldies ja noch eine wichtige Rolle im Fall Rochusschlüssel.

Weihnachtsmusik erscholl auf einmal aus dem roten Haus und tönte durch den ganzen Park. An einem Tannenbäumchen beim Portal flammte eine Lichterkette mit ausschließlich silberweißen Kerzen auf. *Leise rieselt der Schnee …*

»Von mir aus könnte er auch laut rieseln«, meinte Carlo.

Plötzlich erhielt Julian die SMS von Jenny. »Hey, hört mal zu! Jenny und Tanja haben das Mädchen identifiziert. Sie haben den Namen und die Adresse rausgefunden. Sie wohnt in der …«

»Pssst!«, fuhr Maik dazwischen und hob warnend die Hand. »Nicht umdrehen! Wir werden beobachtet. Da lauert jemand im Gebüsch hinter uns.«

Wer mag der heimliche Beobachter sein?

Lies morgen weiter!

12. Dezember

Maik ist clever wie ein Profilügner

Cool bleiben! Die drei waren ein eingespieltes Team. Keiner drehte sich um, keiner verkrampfte, keiner machte eine verdächtige Kopfbewegung. Maik richtete sein Smartphone wieder so, als wollte er weiter die prächtige Seniorenresidenz und die herumschlendernden Heimbewohner filmen. In Wirklichkeit hatte er die Frontkamera aktiviert, um das Buschwerk in seinem Rücken zu sehen. Julian und Carlo taten so, als würden sie sich unterhalten, und gestikulierten dazu wild mit den Händen, um den Beobachter zu täuschen. Der sollte annehmen, dass sich die drei Jungs, die sich hier im Park herumtrieben, intensiv mit dem Anblick des roten Hauses und seiner Spaziergänger beschäftigten und ihren Spaß dabei hatten.

Julian zischte Maik zwischendurch zu: »Woher weißt du, dass wir belauert werden? Oder bildest du dir das bloß ein?«

»Ich bilde mir nie was ein, kapiert? Ich sammle Fakten. Im Display hab ich bemerkt, dass schräg hinter uns ein paar Büsche wackelten und dass da ein verdächtiger Schatten zu erkennen war. Nur für 'ne Sekunde. Ich hatte das Smartphone so 'n bisschen gedreht ...« Maik bemühte sich konzentriert, das Gelände hinter sich wieder ins Bild zu bekommen. »Und Geräusche hab ich auch gehört.«

»Das war der Wind.«

»Nee, Julian, das war mehr so ein komisches Knacken.« Er zeigte zum Platz vor dem Eingang. »Besuchszeit!«

Vom Parkplatz her strömten einige gut gelaunte Besucher in Richtung Haupteingang: Frauen mit Tüten und Päckchen, nur wenige Männer, eine Schar hüpfender Kinder.

Vorweihnachtliche Stimmung. Und es schneite auch wieder ein wenig.

»Typisch!« Carlo räusperte sich. »Vor Weihnachten sind sie alle lieb zu den Großeltern. Es geht ja um die Geschenke. Hast du jetzt ein Video von dem Beobachter, Maik? Oder hast du dich doch getäuscht?«

»Nein, Mann, da war ganz sicher jemand. Ich weiß doch, was ich gehört hab!«

Leider verriet sich ihr Beobachter durch kein weiteres Geraschel. Er musste sie durchschaut haben.

»Hatte ich's mir doch gedacht!« Carlo grinste überlegen. »Los, wir überprüfen mal, ob wir Spuren finden. Inzwischen dürfte das Phantom ja wohl verduftet sein – falls es uns überhaupt belauert hat.«

Julian rieb sich die kalten Hände; es waren wirklich Gefriertemperaturen hier draußen. »Aber warum werden wir bespitzelt?«, fragte er in die Runde. »Sehen wir etwa verdächtig aus?«

»Ich kombiniere, dass es mit dem Mädchen zu tun hat«, sagte Maik. »Unsere Gegner wissen längst, dass wir ihr auf der Spur sind. Der Rochusschlüssel. Um den dreht sich alles. Logisch?«

»Logisch«, gab Carlo zu. »Darum sind wir ja hier.«

»Jenny und Tanja haben ihre Adresse ermittelt«, erinnerte Julian. »Den Namen natürlich auch. Ich rufe Jenny mal eben an und ...«

Carlo winkte ab. »Nee, lasst uns mal erst unseren Job hier erledigen. Spurensuche ist angesagt. Wir brauchen den Beweis dafür, dass uns jemand auf die Pelle gerückt ist und beobachtet hat – vielleicht war es sogar das Mädchen selber.«

Und tatsächlich, hinter den Büschen fanden sie frische Fußspuren! Die Abdrücke in der weichen Gartenerde waren klar zu erkennen. Maik hatte sich also nicht geirrt. Von Cowboystiefeln mit spitzen Absätzen stammten diese Spuren allerdings garantiert nicht, sondern eher von Quadratlatschen mit robusten Profilsohlen.

Während Maik die Schuhabdrücke per Handy dokumentierte, zückte Julian sein Detektivmaßband und legte es behutsam neben einen besonders deutlichen Profilsohlenabdruck an.

»Ziemlich genau 28,2 Zentimeter«, stellte er fest und notierte

die Zahl auf seinem Notizblock. »Das müsste Schuhgröße 44 oder 45 sein, tippe ich mal. Keine Frauengröße. Es muss sich um einen relativ großen Typen handeln. Sehe ich das richtig?«

»Das siehst du richtig«, bestätigte Maik. »Mein großer Bruder hat auch Größe 44 und ist 1,82 Meter groß. Okay, gehen wir davon aus, dass das Mädchen mindestens einen Komplizen hat. Aber woher weiß der, dass wir mit Jenny unter einer Decke stecken?«

Carlo schnaubte frustriert und stieß dabei helle Atemwölkchen in die kalte Luft. »Mist! Ich hab den Verdacht, dass wir uns wie Anfänger benommen haben. Die haben gemerkt, dass Jenny und wir gemeinsam die Falle im Bus gestellt haben. Vielleicht haben sie's schon vor dem Einsteigen an der Haltestelle rausgekriegt.«

»Aber wir waren doch so verdammt vorsichtig!«, wandte Julian ungläubig ein. »Ganz unauffällig haben wir uns zwischen den Leuten bewegt. Nicht mal angeguckt haben wir uns. Jenny war doch Luft für uns!«

Maik steckte sein Smartphone ein. »Ja, und dass wir uns so übertrieben unauffällig benommen haben, war wahrscheinlich besonders auffällig. Wir sind echt total miese Schauspieler.«

»Ich hab das ja nicht so ganz richtig verstanden, was du da gesagt hast, aber bestimmt hast du recht.« Julian stapfte los. »Ich will jetzt endlich die Siechenkapelle finden!«

Aber weit kamen sie nicht. Aus einem Seitenweg rollte ihnen ein Mann auf einem uralten Fahrrad entgegen – das Klappergestell sah aus wie der Urgroßvater aller Fahrräder. Er trug einen grauen Arbeitskittel und eine Pudelmütze mit Bommel.

»Was habt ihr denn hier zu suchen?«, brüllte er schon aus der Ferne.

Maik blieb ganz locker. »Wir suchen nicht, wir besichtigen. Wer sind Sie überhaupt?«

»Hä?« Begriffsstutzig schaute der Mann die Jungs an. Dann sagte er, als müsste das eigentlich jeder wissen: »Ich bin doch der Hausmeister!« Es quietschte, als er bremste und vom Rad stieg. »Ihr besichtigt? Hier gibt's nichts zu besichtigen. Und jetzt macht euch mal fix vom Acker! Ich kenne euch nicht. Personen, die keine Angehörigen bei uns im Heim haben, dürfen den Park nicht betreten.«

»Das wird sich ja vielleicht bald ändern«, erklärte Maik dem wütenden Hausmeister freundlich lächelnd. »Wir besichtigen die Seniorenresidenz im Auftrag meiner Großmutter. Sie möchte nämlich vielleicht demnächst hier einziehen. Darum drehen wir ein paar Videos für Oma.«

Der Hausmeister lachte wiehernd. »Jungchen, bei uns gibt es 73 Zimmer für Heimbewohner und kein einziges ist frei. Wenn jemand stirbt ... Äh, wenn ein Platz frei wird, dann stehen bereits zwei Dutzend Bewerber auf der Warteliste. Das Sankt-Rochus-Heim ist sehr begehrt. Immer ausgebucht, versteht ihr? Da hat deine Oma keine Chance.«

Julian guckte Carlo an, Carlo guckte Julian an. Hatte Maik nicht genau 100 Heimbewohner gezählt? Maik hatte mal wieder übertrieben. Typisch!

»Das ist ja genau der Punkt!« Maik ließ sich von dem kauzigen Hausmeister nicht beirren. »Oma will auf die Warteliste. Sie ist ja gerade erst Anfang sechzig. Aber wir liefern ihr schon mal 'n paar Informationen. Oder haben Sie was dagegen?«

»Dann beeilt euch und zischt ab!« Der Hausmeister radelte davon.

Julian klopfte Maik anerkennend auf die Schulter. »Wow, du bist ja ein richtiger Profilügner – echt clever!«

Finden die drei Freunde die Siechenkapelle?

Lies morgen weiter!

13. Dezember

Die Kapelle im Schneegestöber

Einige der Spaziergänger schlenderten zum Haus zurück. Anscheinend hatten sie genug frische Luft getankt. Carlo, Maik und Julian mischten sich unter die Leute und benahmen sich bewusst auffällig. Sie unterhielten sich laut, gestikulierten und taten so, als fotografierten sie alle Einzelheiten der Fassade des Residenzgebäudes. Jeder sollte merken, dass sie interessierte Besichtiger waren. Dass sie von manchen Personen neugierig angegafft und von ein paar Angestellten argwöhnisch beobachtet wurden, passte genau in ihren Plan: Niemand sollte auf den Gedanken kommen, dass sie in Wirklichkeit aufmerksam das Gelände erkundeten.

Vor der linken Säule am Portal war auf einem Handkarren ein buntes Plakat angebracht:

GROSSES ADVENTSKONZERT AM SONNTAG
um 15 Uhr in unserem Festsaal
Auch Verwandte und Freunde der Residenzbewohner sind herzlich eingeladen.

Darunter wurden die Namen von Sängerinnen und Sängern aufgeführt und per Foto das Streicherquartett *Gaudete* vorgestellt. Und dass der Eintritt frei sei, war da auch zu lesen.

»Guckt euch mal den Kerl mit dem Cello an«, lachend tippte Julian mit dem Finger auf das Plakat. »Hat Ohren wie ein Osterhase.«

In Carlos Kopf schwirrten plötzlich eigenartige Gedanken. Der schnauzbärtige Musiker mit den langen, spitzen Ohren interessierte ihn nicht. Aufgeregt flüsterte er Maik und Julian zu: »Ich hab da so ’ne Ahnung. Ihr wisst doch, mein Gefühl hat mich noch nie getäuscht. Das Konzert! Könnte das nicht was mit dem Rochusschlüssel zu tun haben?«

Maik tippte sich an die Stirn. »Du und dein Bauchgefühl! Mann, Carlo, bei 'nem Geigenkonzert gibt es Violinschlüssel, die sehen aus wie ein großes G und stehen auf den Notenblättern drauf, aber mit dem Rochusschlüssel haben die wohl kaum was zu tun. Carlo, hier geht's um harte Fakten! Eine Vermutung hilft uns da nicht weiter! Oder hast du eine konkrete Idee?«

Carlo antwortete nicht, aber der Gedanke ließ ihn nicht mehr los. Was war das Besondere an solch einem Konzertnachmittag?

Die drei Detektive gingen langsam am Eingang vorbei zur gegenüberliegenden Seite des Parks. Natürlich hielten sie die Augen offen und prägten sich alle Einzelheiten dieser gepflegten Landschaft ein. Ihnen war bewusst, dass sie im Fokus verschiedener Überwachungskameras waren – und möglicherweise auch noch immer im Blick des geheimen Beobachters.

Sie erreichten das eiserne Gittertor, dessen Flügel jetzt offen standen und durch das zahlreiche Besucher hereingeströmt waren. Die Stellplätze für die Autos waren zwischen niedrigen Rosenrabatten angeordnet.

Julian beäugte amüsiert einen giftgrünen VW-Käfer, auf dessen Kofferraumdeckel ein Smiley mit einer Sprechblase war: *Ich hab sowieso Vorfahrt!*, grinste der Smiley. »Da haben sie wohl einen ganz besonderen Scherzkeks unter den Mitarbeitern«, meinte er.

»Könnte ja auch der Schlitten von 'nem Heimbewohner sein«, wandte Maik ein und drehte an der Justierung seines Feldstechers mit Nachtlichtaufhellung herum. »Manche von den Senioren sind doch sicher noch fit genug zum Autofahren.«

Von dieser nördlichen Parkseite aus konnten die Jungs auch die flachen Wirtschaftsgebäude hinter dem roten Haus sehen. Aus etlichen Fenstern leuchtete es hell. Die Wiesenfläche dahinter schien im Schneegestöber in ein nebliges Nichts überzugehen.

Carlo tippte Maik an, der angestrengt durch sein Fernglas schaute. »Kannst du was Auffälliges erkennen?«

»Und ob ich das kann!«, stieß Maik heiser vor Aufregung hervor. Durch das extrem scharfe Fernglas sah er trotz der wirbelnden Schneeflocken fast zum Greifen nah die Kapelle, obwohl sie mindestens dreihundert Schritte entfernt war. »Die Kirche für die Aussätzigen von damals. Ich sehe die Siechenkapelle!«

Julian und Carlo rissen Maik den Feldstecher aus der Hand. Sie wollten natürlich auch die Rochuskapelle sehen. Der Anblick war jedoch enttäuschend. Sollte das etwa das berühmte historische Bauwerk sein, das angeblich sogar unter Denkmalschutz stand?

»Ziemlich mickrig«, stellte Carlo fest. »Wieso sollte jemand Interesse an dieser alten Minikirche haben? Da gibt es wohl kaum irgendwelche Schätze zu holen.«

»Meinst du etwa, die hätten damals den armen Kranken, die kurz vor dem Sterben waren, 'nen piekfeinen Dom gebaut?«, erwiderte Julian. »Aber mickrig ist das Ding wirklich. Kaum größer als ein Bus.«

Maik schnappte sich sein Nachtsichtglas zurück. Fragend sah er zu Carlo und Julian. »Was meint ihr, sollen wir das Schneegestöber nutzen? Jetzt sieht uns keiner, wenn wir zur Kapelle rüberrennen. Das wär doch die ideale Gelegenheit!«

»Keine leichtfertigen Aktionen!«, warnte Carlo. »So 'n Schneesturm kann ganz plötzlich aufhören und dann wird's wieder hell. So richtig grell. Hab ich selbst schon mal erlebt.«

»Guckt mal! Da ist noch was Spannendes!« Maik setzte sein Superfernglas ab und deutete aufgeregt auf ein freies Stück Wiese in der Nähe des Zauns. »Rehe! Ich seh zwei Rehe. Rechts neben der Kapelle. Wisst ihr, was das bedeutet?«

»Jetzt spiel hier mal nicht den Quizmaster!«, maulte Julian. »Das bedeutet, dass da zwei Rehe sind und sonst nix. Die lieben Tierchen wollen wohl ein bisschen an den Büschen rumknabbern. Soll ja schon mal vorkommen, oder?«

Nein, ungewöhnlich war das ganz gewiss nicht, dass sich hier draußen am Stadtrand Rehe blicken ließen. Ungewöhnlich war aber, dass sie sich in diesem pingelig gepflegten Gelände befanden. Der große Park der Seniorenresidenz war doch rundherum von einem hohen Zaun umgeben.

»Erst denken, dann reden!« Ungeduldig gestikulierte Maik in Richtung des Zauns, der im dichten Schneegestöber kaum zu sehen war. »Was glaubt ihr denn, wie die Rehe in den Park gekommen sind? Sie werden wohl kaum über den Zaun geflogen sein!«

Sie steckten die Köpfe zusammen. Logisches Kombinieren war angesagt. Ob die Rehe sich auf Dauer hier im Gelände herumtrieben und sozusagen zum Personal gehörten? Unwahrscheinlich. Welcher Gärtnermeister würde es zulassen, dass die Tiere ihm die teuren Pflanzen von den Beeten wegfutterten! Nein, nein, die Rehe waren zweifellos heimlich zu der Wiese bei der Kapelle gelaufen – und sie waren ganz bestimmt nicht durch das Eingangstor spaziert.

»Es muss irgendwo einen Durchschlupf in der Umzäunung geben«, dämmerte es Julian. »Jenseits der Siechenkapelle oder so. Ein Loch im Gitter vielleicht – was weiß ich!«

Maik hob die Hand. »Und wo ein Reh durchkommt ...«

» ... da kommen wir auch durch!«, grinsten Carlo und Julian.

Es kam, wie Carlo es geahnt hatte: Das Schneegestöber hörte so plötzlich auf, als hätte jemand einen Schalter gedrückt. Maik guckte wieder durch seinen Feldstecher. Die Rehe waren verschwunden. Aber die grelle Helligkeit, von der Carlo gesprochen hatte, stellte sich nicht ein. Es war, als senkten sich die tintendunklen Wolken wie dicke Kissen auf die Landschaft.

»Jetzt kämen wir nur noch mit Taschenlampenlicht an die Kapelle ran«, stellte Maik bedauernd fest. »Wir haben unsere Chance verpasst. Unser Verfolger könnte uns jetzt sehen. Los Julian, ruf Jenny an!«

Aber wie wollen die Detektive ihr Ziel erreichen?

Lies morgen weiter!

14. Dezember

Eine giftgrüne Überraschung

Mirjam Svoboda. Den Namen hatte Jenny ihnen genannt. Und die Adresse dazu: Goldammerweg 13. Beim Sprechen hatten Jennys Zähne geklappert. Kein Wunder bei der Kälte. Und fast wütend hatte Jenny gefragt: »Wann kommt ihr Trödelfritzen denn endlich? Wir sind hier schon zu Eisklötzen gefroren!«

Die Jungs wussten, wie man am schnellsten von der Straßenbahnhaltestelle zum Goldammerweg kam.

In den Schaufenstern der Geschäfte funkelten die Sterne, Lichtgirlanden und Adventskränze der üblichen vorweihnachtlichen Dekoration. Heftiges Gedränge der paket- und tütenbepackten Passanten. Carlo, Maik und Julian bogen von der Hauptstraße ab in den Goldammerweg. Selbst in den kleinen Läden dieser Seitenstraße herrschte lebhafter Betrieb.

Julian ging voraus, in gehörigem Abstand folgten ihm seine Partner. Unauffällig sein, nicht neugierig die Häuser betrachten, auf etwaige Verfolger achten: Routine für Detektive. Wo war die Hausnummer 13?

Plötzlich zwitscherte Julians Handy. Jennys kichernde Stimme: »Da seid ihr ja endlich! Wir sehen euch. Bleibt auf der rechten Straßenseite.« Zack, aufgelegt. Julian verzögerte sein Tempo. Zum Teufel, wo mochten die Mädchen bloß stecken? Unauffällig schaute er sich um. Er schlenderte weiter zwischen einer Frau mit plärrenden Zwillingen im Kinderwagen und einem Mann, der sein Fahrrad schob.

»Hey!«

Julian zuckte zusammen. Die Stimme kam von oben! Verdutzt schielte er zum Flachdach einer Garage hinauf. Ganz kurz sah er eine winkende Hand. Da oben also hatten sich die Mädchen versteckt!

»Quetscht euch vor der Garage durch die Lücke am Wohnhaus!«, rief Jenny halblaut. »An der Rückseite könnt ihr am

Efeugestrüpp zu uns raufklettern. Aber Vorsicht! Das Zeug ist brüchig.«

Erfahrenen Detektiven brauchte man natürlich nicht zu erklären, wie man geschickt an der hinteren Seite einer Autogarage an Efeuranken hinauf zum Flachdach turnte. Geduckt huschten sie zu den beiden Mädchen, die sich in Tanjas bunten Poncho gekuschelt hatten und das Geschäftshaus auf der gegenüberliegenden Straßenseite beobachteten. Der Lichtschein der Straßenlaterne erreichte sie hier nicht. Sie konnten von hier oben alles beobachten, blieben aber selbst im Verborgenen. Ein ziemlich cleveres Versteck, mussten die Jungs anerkennend feststellen.

Tanja konnte die Silhouetten der drei Musketiere undeutlich erkennen. Sie sah die Jungs nun zum ersten Mal und war beeindruckt. Jenny hatte ihr ja bereits eine Menge von deren detektivischen Erfolgen erzählt. Und nun wirkte sie selber in einem Kriminalfall mit!

»Warum kommt ihr so verdammt spät?«, fragte Jenny. »Wir warten hier schon ewig!«

»Weil uns die Suche nach der Siechenkapelle aufgehalten hat«, erklärte Carlo. »Und da hat uns irgendein unbekannter Verfolger aus dem Gebüsch heraus belauert. Ich schätze, das Mädchen und ihre Komplizen haben uns längst in Verdacht. Wir mussten also auf ganz harmlos machen.«

»Außerdem wussten wir ja, dass Tanja und du die Sache im Griff habt«, flüsterte Julian. »Wie ist die Lage?«

»Sie ist im Haus.« Jenny streckte behutsam den Arm aus. »Mirjam Svoboda. Vom Hausmeister des Berufskollegs haben wir den Namen rausgekitzelt. Die Adresse steht im Telefonbuch. War echt einfach, das rauszufinden. Der Laden gehört ihren Eltern.«

Der Laden: Damit meinte Jenny das Geschäft gegenüber, das sie und Tanja scharf observierten, auch die Kunden, die aus und ein gingen, und die Wohnung in der oberen Etage, in deren Fenster eine Kette mit elektrischen Adventskerzen funkelte.

Maik fragte: »Seid ihr sicher, dass Mirjam Svoboda sich jetzt in der Wohnung befindet? Gibt's keinen Hinterausgang?«

Tanja erklärte, das hätten sie sorgfältig gecheckt. Es gebe zwar eine Hintertür, die führe aber auf einen engen Hof und der sei von einer hohen Mauer umgeben. »Siehst du die Mülltonnen neben dem Haus? Aus dieser Zufahrt kommt man raus, wenn man vom Hinterausgang zur Straße will. Wie heißt du eigentlich?«

»Maik.« Er zeigte auf Julian und Carlo. »Der mit dem Basecap ist Carlo, der andere heißt Julian. Und du bist Jennys Cousine Tanja. Alles klar. Bloß die Warterei ist ätzend. Da muss doch mal was passieren.«

In matter Leuchtschrift stand über dem Schaufenster:

SVOBODA
Sekt Spirituosen Schokoladenspezialitäten

»Was sind denn Spirituosen?«. fragte Julian.

»Schnaps und so«, sagte Jenny. »Whisky, Gin, Wodka, Cognac ... typische Weihnachtsgeschenke für Opa.«

Plötzlich erschien ein Gesicht am Fenster im Obergeschoss. Es war wegen der Kerzenkette nur undeutlich zu sehen.

»Da! Das ist sie.« Wie elektrisiert starrte Jenny zum Haus gegenüber. Maik hatte geistesgegenwärtig sein Fernglas hochgerissen. »Das Mädchen, kein Zweifel! Sie hält Ausschau. Scheint auf irgendwas zu warten.«

»Auf *irgendwas* oder auf *irgendwen«,* ergänzte Carlo. »Leute, jetzt kommt Bewegung in unseren Fall. Köpfe runter!«

Nichts passierte. Das Gesicht war verschwunden. Enttäuschung bei den Detektiven.

Also weiter warten.

»Geduld«, brummte Maik. »Geduld ist die wichtigste Eigenschaft der Kriminalisten. Hab ich das nicht schon mal gesagt?«

»Das hast du schon tausend Mal gesagt!«, grummelte Julian.

Carlo hob warnend die Hand. »Psssst! Leise!«

Aber viel Geduld brauchten die Beobachter dann gar nicht mehr; eine giftgrüne Überraschung brauste um die Ecke.

Der VW-Käfer mit dem Smiley!

Röhrend kam das kleine Auto um die Kurve geknattert und rollte mit Getöse auf eine Parklücke ziemlich dicht vor Svobodas Geschäft zu. Eine dünne Gestalt schwang sich vom Fahrersitz, sprang hurtig auf die Straße und hätte dabei fast eine Radfahrerin umgeworfen.

Kaum war das Licht der Scheinwerfer erloschen, hatten die Detektive bereits ihre Smartphones im Anschlag. Jede Bewegung der Gestalt wurde festgehalten. Ein junger Mann bewegte sich zielstrebig auf den Laden zu. Im hellen Schein der Schaufensterbeleuchtung war sein Gesicht deutlich zu erkennen.

Maik schaute durch den Feldstecher und diktierte: »Männlich, circa achtzehn oder neunzehn Jahre, Jeans und Anorak mit üppigem dunkelbraunem Wollschal, keine Kopfbedeckung, schwarze Chucks mit heller Sohle ...«

Hm, diese profillosen Schuhe konnten kaum die Abdrücke im Park hinterlassen haben.

Maik sagte noch: »Schätzungsweise einsfünfundachtzig groß.« Dann gluckste er: »Wirklich echt krass, die verrückte Karre!«

Jenny war erstaunt. »Habt ihr diesen komischen grünen Käfer etwa schon mal gesehen?«

Carlo schniefte und rieb sich mit dem Ärmel über die Nase. »Und ob wir den schon mal gesehen haben! Auf dem Parkplatz von der Seniorenresidenz. Aber wer der Fahrer ist, das wissen wir noch nicht. Das müssen wir noch auskundschaften. Wir sind auf der richtigen Spur. Bingo!«

Der schlaksige junge Mann war im Laden verschwunden.

Stecken Mirjam Svoboda und der Käferfahrer unter einer Decke?

Lies morgen weiter!

15. Dezember

Der Mann in Schwarz

Was für Zufälle es gibt, dachte Jenny und schüttelte sich wie ein nasser Hund. Die Kälte kam langsam durch die Kleidung gekrochen. *Da versteckt eine Schülerin einen verflixten alten Schlüssel mit dem Kopf des heiligen Rochus drauf in meinem Rucksack, und nun sind wir mitten in einem Kriminalfall. Den Jungs scheint die Suche nach den Gegnern ja Spaß zu machen. Finde ich das auch spannend?* Jenny brauchte nicht lange zu überlegen. Ja, natürlich! Sie war neugierig bis in die Haarspitzen. Was wollte der schlaksige junge Mann dort im Schnapsladen? Steckte er mit dem Svoboda-Mädchen unter einer Decke? Und wenn ja: Was hatten die beiden vor?

Eigentlich meinte Jenny es doch ganz anders, aber sie fragte trotzdem: »Was geht uns denn der Typ mit seiner bescheuerten grünen Karre an? Kann doch Zufall sein, dass der ...«

Julian saugte vor Verblüffung scharf die Luft ein. »Was ist denn mit dir los, Jenny? Glaubst du plötzlich nicht mehr daran, dass wir es hier mit Kriminellen zu tun haben? Du bist doch zu uns ins Geheimversteck gekommen und hast uns den Fall übertragen, weil dir die Sache mit dem Schlüssel so rätselhaft vorkam. Seh ich das richtig?«

»Das siehst du richtig«, murmelte Jenny und schämte sich für ihre blödsinnige Frage. Warum hatte sie nicht die Klappe gehalten?

Julian redete aufgeregt weiter. »Und wo wir jetzt detektivmäßig mitten in den Ermittlungen sind und einen Verdächtigen beschatten, da stellst du so überflüssige Fragen?«

»Streitet euch nicht!«, mahnte Tanja.

Maik sagte: »Für Detektive gibt es keine Zufälle. Alles hängt mit allem zusammen. Der Käferfahrer ist eine entscheidende Figur in diesem Spiel, will ich mal meinen.«

Wie viele Minuten waren vergangen? Zehn oder zwanzig?

Die Tür von Svobodas Geschäft öffnete sich. Das Mädchen mit den Cowboystiefeln trat ins Freie. Ihr folgte der Käferfahrer, der einen großen Karton vor dem Bauch trug. Klingelten da Glasflaschen? Sofort waren die Mädchen und die Detektive hellwach und richteten ihre Handys aufs Geschehen unten. Die Videoüberwachung funktionierte.

»Schnaps«, flüsterte Maik und setzte den Feldstecher ab. »Ich tippe auf Schnaps. Hört ihr die Flaschen scheppern?«

»Der will das Zeug doch wohl nicht selber trinken?« Carlo starrte verblüfft auf die beiden neben dem grünen Käfer. »Scheint ganz schön schwer zu sein, der Karton. Muss man nicht mindestens achtzehn sein, wenn man Alkohol kaufen will?«

Maik erklärte, der Typ sei garantiert schon offiziell ein Erwachsener, denn sonst hätte man ihm die Flaschen nicht verkauft, zumal Kunden im Laden waren. »Berufskolleg! Ich kombiniere mal: Mirjam Svoboda und der Typ da unten sind Klassenkameraden und außerdem ein Pärchen und er kauft bei ihren Eltern Hochprozentiges ein. Vielleicht verkauft er den Schnaps.«

Tanja klopfte mit der Handschuhhand auf das Garagendach. »Nicht so laut!«

Carlo flüsterte: »Ich seh das anders, Kumpel. Wozu brauchst du so einen geheimnisvollen Rochusschlüssel, wenn du nur ein paar Flaschen verticken willst? Nee, nee, die Angelegenheit mit dem Alkohol spielt nur so 'ne Art Nebenrolle, um das mal kriminalfachlich zu formulieren. Wir dürfen uns nicht ablenken lassen.«

»O Mann, du kriminalfachlicher Formulierer!«, prustete Julian und presste sich kichernd den Ärmel seiner Steppjacke vors Gesicht.

In diesem Augenblick nämlich hatten Mirjam und der schlaksige Typ mit ihrem Karton den giftgrünen VW-Käfer erreicht.

Mirjam zog ihrem Freund den Autoschlüssel aus der Jackentasche und öffnete den Kofferraum. Maik beobachtete das alles genau durch sein scharfes Superfernglas mit Restlichtaufheller.

Er konnte seinen Augen kaum trauen; im Heck des Autos lagen dunkle Wanderschuhe. Und trotz des Schneematsches, der an ihnen klebte, war das auffällige Profil der Sohlen klar zu erkennen. Wahrscheinlich hatte der Typ einen guten Eindruck auf die Eltern seiner Freundin machen wollen und hatte sich vor seinem Besuch saubere Schuhe angezogen. Maik konnte die anderen gerade noch flüsternd auf seine Entdeckung hinweisen, da hatte Mirjam den Kofferraum schon wieder geschlossen. Neben den klobigen Schuhen und anderem Zeug war nicht genug Platz für die große Kiste mit den Flaschen.

Mirjam schloss die Wagentür auf und kippte die Lehne des Fahrersitzes nach vorn, damit der junge Mann den Karton mit den Flaschen auf die Rückbank stellen konnte.

Doch bevor die beiden in den Käfer einsteigen konnten, geschah noch etwas Unerwartetes. Eine dunkle Gestalt trat plötzlich in den Lichtkreis der Straßenlaterne, überquerte den Bürgersteig und baute sich breitbeinig vor dem Auto auf. Der Typ trug einen schwarzen Regenmantel mit eng zusammengezogenem Gürtel, einen tief in die Stirn gezogenen breitkrempigen schwarzen Hut und eine Zigarette im Mundwinkel ... ziemlich übertrieben, das Outfit, andererseits aber auch ein bisschen unheimlich.

Tanja war zusammengezuckt, dann kicherte sie nervös.

»Psssst!«, raunte Carlo in ihre Richtung und kroch einen halben Meter vor zum Rand des Daches. »Mal ganz ruhig! Vielleicht können wir verstehen, was sie sagen.«

Nein, keine Chance. Die Straßengeräusche übertönten den Wortwechsel des plötzlich erschienenen Mannes mit Mirjam und ihrem Freund. Sie schienen sich aber gut zu kennen und aufgeregt miteinander zu diskutieren.

»Der Strippenzieher im Hintergrund!«, knurrte Julian. »Die planen doch was zusammen.«

»Genau, Einbruch oder Erpressung oder so«, stimmte Carlo eifrig zu.

Maik hob die Hand, um die aufgeregt plappernden Freunde zu stoppen. »Mal keine voreiligen Schlüsse! Detektive spinnen nicht drauflos, sie sammeln Fakten. Schon vergessen? Zunächst sieht es nur so aus, als gebe es so was wie ein Streitgespräch da unten.«

Carlo schätzte die Situation anders ein. »Guck mal richtig hin, Maik! Die fetzen sich doch echt.«

Zusammen konnten die Freunde beobachten, wie die wütende Auseinandersetzung neben dem Käfer zu einem aufgeregten Getuschel wurde. Das sah nach Verschwörung aus. Der Mann redete eifrig auf Mirjam und den Käferfahrer ein. Die beiden schienen zögernd zu nicken. Bedeutete das Zustimmung zu irgendeinem Plan?

So plötzlich, wie er aufgetaucht war, verschwand der merkwürdige Mann wieder im Halbdunkel.

Julian sagte: »Eins ist mal klar, der Mann hat auf Mirjam und ihren Freund gewartet. Das Treffen war kein Zufall.«

Carlo sagte ganz leise, als spräche er zu sich selbst: »Ich weiß gar nicht, warum ich auf einmal an das Adventskonzert am Sonntag in der Seniorenresidenz denken muss.«

»Meine Beine sind längst abgefroren.« Jenny fing an zu bibbern. »Außerdem muss ich dringend nach Hause. Kochen und aufräumen und telefonieren und so. Ihr wisst doch.«

Für Tanja wurde es auch höchste Zeit. Sie kriegte Ärger mit den Eltern, wenn sie zu lange im Dunkeln draußen blieb.

Nacheinander rutschte die gesamte Mannschaft zur Rückseite des Garagendaches und hangelte sich wieder nach unten. Die Neyer-Cousinen liefen zu ihren Fahrrädern, die sie an einem Laternenmast angekettet hatten.

»Bis morgen!«, rief Jenny über die Schulter.

»Der Tag ist noch nicht zu Ende!«, rief Julian zurück.

Was meint Julian mit dieser Bemerkung?

Lies morgen weiter!

16. Dezember

Schreck im Park

Die Passanten schauten verwundert, als sie die drei Jungs auf der Bürgersteigkante hocken und angespannt auf das Pflaster starren sahen. Julian hatte seine Taschenlampe auf Streulicht eingestellt, damit Carlo, Maik und er sich die Fotos der Profilsohlen noch einmal genau auf ihren Handys anschauen konnten. Durch seinen Feldstecher hatte Maik die Sohlen der Wanderschuhe im Kofferraum deutlich erkennen können. Das Schuhprofil in seiner Erinnerung stimmte genau mit dem Profil auf den Handyfotos überein. Ein weiteres Indiz war natürlich der Schneematsch, der an den Schuhen geklebt hatte. Nur wer sich auf unbefestigten Wegen, wie zum Beispiel in den Beeten eines Parks, herumtrieb, konnte so dreckige Schuhe bekommen. Für Maik gab es keinen Zweifel: Der Käferfahrer war der heimliche Verfolger gewesen! Und Maik irrte sich nie!

Die Hinweise verdichteten sich. Mirjam, ihr Freund mit den Schnapspullen, der Mann mit dem schwarzen Gangsterhut und Regenmantel waren die Gegner.

Maik fasste die Überlegungen der drei Detektive zusammen: »Wir haben jetzt zwei Möglichkeiten. Entweder wir laufen zum Geheimversteck ins Gewerbegebiet, machen Feuer im Kamin und spielen 'ne Runde Karten oder ... Na, ihr wisst schon.«

»Oder wir folgen der Spur des giftgrünen Käfers«, erklärte Carlo. Julian knipste die Taschenlampe aus. »Wie ich schon erwähnte: Der Tag ist noch nicht zu Ende. Ich bin für Möglichkeit zwei.«

Damit war die Frage entschieden.

Erstaunt blieben Passanten stehen, als die drei Jungs die Hände hochreckten und sich abklatschten.

Carlo rief: »Einer für alle!«

Julian und Maik antworteten: »Alle für einen!«

Sie liefen um die Ecke zur Einkaufsstraße, in der es jetzt am

Freitagabend vor Menschen nur so wimmelte. Hier war also Mirjams Bushaltestelle; hier fuhr also der Bus, in dem sie Jenny ausgetrickst hatte; auf dieser Strecke hatten Maik, Julian und Carlo vergeblich versucht, mit Jennys Hilfe dem Mädchen eine Falle zu stellen. Nun saßen sie wieder in diesem Bus und fuhren die paar Stationen zur Stadtmitte.

»Straßenbahn lohnt sich nicht«, entschied Julian, als sie aus dem Bus gesprungen waren. »Wir müssen uns ja heimlich von der Rückseite dem Park nähern. Das Loch im Zaun werden wir schon finden.«

Pfadfinderschritt war also angesagt. Das waren die Freunde so gewohnt, wenn sie lange Strecken zu laufen hatten: 100 Meter Jogginglauf, 100 Schritte schnelles Gehen, 100 Meter Jogginglauf, 100 Schritte schnelles Gehen ... Auf diese Weise schafften sie es zum Stadtrand in einer knappen Viertelstunde, außerdem lief das Blut wieder wohlig warm durch die Adern. Hier draußen standen schmucke Einfamilienhäuser mit üppigen Gartenanlagen drum rum und allerlei Lichterschmuck in Fenstern und Türen. Es war ziemlich still. Die Jungs konnten sich also unbeobachtet an den Park des Seniorenheims heranschleichen.

Beim Zaun angekommen schlichen sie hintereinander an den zugewachsenen Gitterstäben entlang. Irgendwo mussten die Rehe ja schließlich durchgekommen sein. Fahle Helligkeit leuchtete da und dort spärlich zwischen den Wolken des Abendhimmels. Schneegeruch lag in der Luft. Die Häuser hatten sie bald hinter sich gelassen. Links lag der Park, rechts dehnte sich dunstverhangenes Acker- und Wiesenland mit Wallhecken dazwischen. Die Jungs hatten ihre Spezialtaschenlampen angeknipst.

Etwa zweihundert Schritte hatten sie zurückgelegt, da sahen sie den breiten Riss im Zaungeflecht. Als ob ein Auto hineingeknallt wäre. Keine Schwierigkeit für Rehe und für Detektive, ins Parkgelände einzudringen. Die beiden Rehe waren nicht zu

sehen. Vielleicht schlummerten sie längst irgendwo im Unterholz.

Carlo, Julian und Maik drangen in den Park ein. Der dichte Gürtel aus kratzigen Fichtenbäumen war kein Hindernis für sie. Zunächst einmal orientierten sie sich. Vor ihnen lagen die eingeschneiten Rasenflächen mit Ziersträuchern, Blumenbeeten und Spazierwegen, auch zu dieser späten Stunde noch von Laternen erhellt. Im Hintergrund links war die kleine Siechenkapelle zu erahnen, schräg rechts ragte das rote Haus mit den Nebengebäuden auf. Die Lichter in den Fenstern brannten; offensichtlich war bei den Senioren noch keine Nachtruhe.

Carlo hob die Hand. »Ich geh mal vor und erkunde die Situation, okay? Wartet hier auf mich!« Ohne auf eine Antwort zu warten, rannte Carlo los in Richtung des Wohnheims. Dabei passte er auf, dass er nicht strauchelte.

Hatte Carlo zu sehr auf mögliche Stolperfallen vor seinen Füßen geachtet? Plötzlich erschrak er so heftig, dass ihm der Herzschlag in den Ohren zu pochen schien.

Da saß ein Mann auf einer einsamen Bank!

Der Mann fütterte Eichhörnchen, die auf seinen Füßen, seinen Knien und seinen Schultern turnten. In seinem dunklen Thermoanzug, mit der Pelzkappe und den dicken Stiefeln sah der alte Mann aus wie ein Polarforscher. Die Eichhörnchen flitzten davon, als Carlo sich bewegte.

»Rocky, bist du's? Ich warte schon seit 'ner halben Ewigkeit auf dich!« Die Stimme des alten Mannes war piepsig wie eine Kinderstimme.

»I-i-ich bin nicht Rocky!«, stotterte Carlo. Dann hatte er seine Nerven wieder unter Kontrolle. »Ich heiße Carlo. Wer ist denn Rocky?«

»Rocky ist der Sohn vom Hausmeister. Robert Trimmel.« Der alte Mann hüstelte. »Nennt sich Rocky. Er arbeitet für uns heimlich als Feuerwasserkurier. Weißt du, was ich meine?«

»Nee, weiß ich nicht. Aber Sie werden es mir bestimmt erklären, Herr ...«

»Schneiderjahn. Carl-Gustav. Ehemals Chef-Chemiker beim Städtischen Wasserwerk und jetzt Pensionär mit Vorliebe für edle Schnäpse. Na, verstehst du jetzt, was ich meine?«

»Aha, ich kapiere. Und der Rocky kauft für Sie heimlich Schnaps ein. Richtig?«

»Richtig, mein Junge. Aber nicht nur für mich. Da gibt's noch ein paar andere hier im Heim, die gern mal einen zwitschern. Das sehen die Betreuer nicht gern und der Arzt auch nicht. Darum kauft Rocky ja heimlich für uns ein. Wir geben ihm das Geld und eine Bestellliste und einen ordentlichen Extralohn obendrauf. Wenn Rocky fertig ist mit seinem Berufskolleg, dann will er zusammen mit seiner Freundin und ein paar Kumpels einen Pizza-Lieferdienst aufziehen. Da braucht er natürlich Startkapital.«

»Natürlich.« Carlo war inzwischen wieder knallharter Detektiv. »Ach, sagen Sie, Herr Schneiderjahn, Rocky fährt nicht zufällig einen grünen Volkswagen? Einen Käfer?«

Der alte Mann klatschte vergnügt in die Hände. »Und ob er so eine grüne Klapperkiste fährt! Dass das Ding noch nicht auseinandergefallen ist, ist ein Wunder. Und jetzt warte ich hier auf Rocky und auf meinen Whisky. Nach dem Kaffeetrinken hatte ich mich noch mal aufs Ohr gelegt und bin wohl eingenickt. Da hab ich die allgemeine Alkoholübergabe verpasst. Wenn du Rocky siehst, Jungchen, dann sag ihm, dass ich hier draußen sitze ...«

»Klar, mache ich.« Carlo spürte fast körperlich, dass er beobachtet wurde.

Wird nun das Geheimnis des Rochusschlüssels geknackt?

Lies morgen weiter!

17. Dezember

Julian überschlägt sich und Maik ist sauer

Was für Nachrichten, das musste Carlo Maik und Julian erzählen. Er winkte dem Mann im Polarforscher-Look hastig zu und machte sich an den Rückzug. Sollte Rocky, der Schnapsbringer, ihn doch ruhig sehen! Die Tarnung war ja längst aufgeflogen. Aber nun sah Carlo alles viel klarer: Rocky Trimmel, Sohn des Hausmeisters, wusste natürlich Bescheid über alles, was sich im Altenheim abspielte. Zum Beispiel wusste er auch, wo der Rochusschlüssel zu finden war.

»Stopp, Alter!« Das war Julians Stimme. »Wir warten schon auf dich.«

Carlo zuckte erschrocken zusammen. Nach Julian kam auch Maik hinter einem dicken Ahornbaum hervor. »Hab ich euch nicht gesagt, dass ihr oben am Wäldchen auf mich warten sollt?«

»Was glaubst du denn!« Maik lachte leise in sich hinein. »Wir lassen uns doch nicht von dir befehlen, wo wir zu warten haben. Wir sind dir nach. Siehst du ja.«

Carlo sprudelte los. »Er heißt Rocky, der Freund von Mirjam, eigentlich Robert Trimmel, und er ist der Sohn vom Hausmeister.« Schnell erzählte Carlo alles, was er vom Eichhörnchenfütterer erfahren hatte. »Dann hatte ich so 'n warnendes Prickeln im Nacken. Ich glaube, der Schnapsbringer Rocky hat mich bespitzelt.«

Julian nickte, das konnte Carlo in der Dunkelheit aber nicht erkennen. »Du hast es erfasst, Carlo. Wir *wissen,* dass Rocky dich aus der Deckung heraus observiert hat. Der hat *dich* belauert, Maik und ich haben *ihn* belauert. Hast du wohl nix von gemerkt, oder?« Julian kicherte.

»Konnte ich denn ahnen, dass der Alte auf der Bank auf Rocky mit der Whiskypulle wartete?«, verteidigte sich Carlo. »Ich musste doch annehmen, dass der Typ sich zusammen mit Mirjam irgendwo beim Rochusheim rumtreibt, und darum wollte ich auf dem Parkplatz nachprüfen, ob die giftgrüne Karre wieder dort abgestellt ist. Ich frage mich, warum Rocky uns überhaupt nachschleicht. Wenn er denkt, dass wir den seltsamen Schlüssel haben, dann muss er sich doch echt derbe an uns ranmachen. Bloß im Gebüsch rumliegen und uns beobachten – das bringt doch nix!«

Das war nicht die einzige Frage, auf die die drei Ermittler noch keine Antwort wussten. Sie hockten sich in den Windschatten des Ahornstammes und diskutierten angestrengt:

Warum hatte ausgerechnet Mirjam den Rochusschlüssel mit sich rumgetragen? Was für ein krummes Ding planten Rocky und seine Hintermänner? Und spielte das Adventskonzert dabei wirklich eine Rolle? Barg die Siechenkapelle ein Geheimnis oder war das bloß eine Vermutung? Trieb Mirjam sich gerade jetzt in dieser Minute irgendwo im Seniorenheim herum? Hatte das alles irgendwie mit dem Weihnachtsfest zu tun? Hatte jemand von der Heimleitung vielleicht bereits einen Verdacht? Ging es um Abzocke oder Erpressung? Waren die drei Ermittler tatsächlich auf einer heißen Spur? War Jenny in Gefahr? War die Polizei eventuell schon tätig in diesem Fall? War es eine gute Idee gewesen, dass Jenny und die Jungs sich eingemischt hatten?

Carlo hatte wieder einmal eine Superidee. »Hört mal zu! Ich lenke Rocky ab, dann könnt ihr ungehindert weiterermitteln. Rocky hat mich gesehen, aber euch nicht. Ich schlendere jetzt einfach so durch den Park zum roten Haus rüber. Ist ja nichts dabei. Bis zum Abendessen sitzen sicher noch 'ne Menge Besucher bei ihren Angehörigen rum. Rocky wird mir auf den Fersen bleiben, ihr habt freie Bahn. Wir warnen uns per Handy, wenn sich was Wichtiges tut. Okay? Und jetzt schleicht ihr rüber zur Siechenkapelle!«

»Das machen wir!«, schnaubte Maik. »Wird ja verdammt noch mal Zeit.« Er klopfte auf die Stelle seines Mantels, unter der der Rochusschlüssel in der Innentasche steckte.

Mit den Windböen wehte die Weihnachtsmusik vom Altenheim herüber.

Für Julian und Maik gab es keinen Grund, hinter Gesträuch und Stauden Deckung zu suchen. Um diese Abendzeit war es im hinteren Teil des großen Parks dunkel und still. Klagende Rufe von Nachtvögeln, Knacken in den kahlen Ästen der Bäume, ferne Geräusche abfahrender Autos vom Parkplatz: Das war alles. Die beiden Jungs liefen zielstrebig auf die winzige Kirche zu.

»Eigentlich müsste Jenny jetzt bei uns sein«, meinte Julian gedämpft, »sie hat dem ganzen Fall den Kick gegeben. Initialzündung sozusagen.«

»Angefangen hat ja eigentlich Mirjam. Wenn sie nicht den Schlüssel in Jennys Rucksack ...«

Doch das hörte Julian nicht mehr, denn er war auf einmal in Fahrt geraten. Die einsame Kapelle zog ihn an wie ein Magnet. Er rannte los und war völlig außer Puste, als er vor dem uralten Bauwerk ankam.

Maik war ihm eher zögernd gefolgt. Er musste unwillkürlich schlucken, als er dann neben seinem Freund stand. Aufregung? Unsicherheit? Furcht? Auf jeden Fall hatte ihn ein beunruhigendes Gefühl erfasst. Dann fiel ihm auch das richtige Wort ein: Feierlichkeit. Maik schaltete seine Taschenlampe an und richtete den Lichtstrahl auf die kahle Wand der Siechenkapelle.

»Spinnst du?«, schimpfte Julian. »Mach die Funzel aus! Das Licht kann man doch bis nach Alaska sehen. Willst du, dass wir einen Sheriff von der Heimverwaltung auf der Pelle haben oder den doofen Hausmeister?«

»Jetzt mach dir nicht gleich ins Hemd! Die sitzen doch dahinten in der totalen Helligkeit. So 'n paar Blitzer dringen nicht durch den Nebel durch bis zum Haus.« Maik klopfte mit der Faust vorsichtig gegen das Gemäuer. »Mann, wenn man bedenkt, dass dieser Schuppen fast schon so an die tausend Jahre steht! Das ist schon beeindruckend, oder?«

»Ja, das ist schon ziemlich krass. Und jetzt kommt der entscheidende Augenblick. Los, Maik, raus mit dem Schlüssel!«

Maik fummelte nervös in seinem Mantel herum. »Irgendwie ist das unheimlich. Die Todkranken sind damals hier zum Beten hingekommen, obwohl sie keine Chance auf Heilung hatten. Vielleicht sind sogar welche hier in der Kapelle gestorben?«

»Ja, irgendwie traurig«, sagte Julian leise, »aber schließ jetzt endlich auf! Hoffentlich passt der Rochusschlüssel auch wirklich zu dem Türschloss hier.«

Entschlossen schob Maik den großen Schlüssel in das angerostete Schloss, es knirschte, Dreck rieselte, Maik stocherte herum und fluchte vor sich hin. »Mist! Das klappt nicht.«

Julian schaltete das Sparlicht seiner Taschenlampe an und schirmte den dünnen Strahl mit seinem Körper ab. »Soll ich mal versuchen? Du musst den Schlüssel nach links drehen, Maik!«

»Mach ich doch, du Superhirn! Für wie blöd hältst du mich eigentlich?«

»Das sag ich dir lieber nicht«, lachte Julian leise. Er starrte auf die verwitterte alte Eichenholztür. »Ich probier's mal mit Schwung.« Er trat zwei, drei Schritte zurück ... und nahm Anlauf.

Julian kam mit vorgeschobener Schulter angebraust. Exakt in dieser Sekunde drückte Maik auf die Klinke. Die Tür ging quietschend auf. Sie war gar nicht abgeschlossen gewesen!

Julian schoss mit einem Schrei hinein in den Kapellenraum und überschlug sich auf dem gekachelten Fußboden.

»Die Kapelle ist ja völlig leer!«, rief Maik überrascht. »Haben wir Blödmänner uns etwa austricksen lassen?«

Warum ist der Schlüssel trotzdem wichtig?

Lies morgen weiter!

18. Dezember

Weihnachtslieder für die Senioren

Fluchend, jammernd und zappelnd kam Julian wieder auf die Beine. »Ich glaub, ich hab mir sämtliche Knochen gebrochen.« Vorsichtig tastete er seine Beine ab. »Ruf mal einen Krankenwagen.«

»Ein paar Knochen werden ja wohl noch heil sein«, gab Maik cool zurück und zog sein Smartphone aus der Tasche. »Guck dir das bloß mal an, Julian! Die Hütte ist absolut leer. Nix drin. Nicht mal ein verbeulter Eimer oder 'ne verfaulte Leiche.«

Julian funzelte mit seiner Taschenlampe herum. »Und ich dachte, hier entdecken wir ein sensationelles Geheimnis. Was für 'ne Enttäuschung!« Julian klopfte sich Staub von der Steppjacke und ließ den Blick durch den kleinen, kargen Kapellenraum wandern. Da war nicht mal ein mickriger Altarstein oder eine Kniebank. Einfach nichts.

»Das muss Carlo sofort erfahren«, knurrte Maik und trat mit seinem Handy unter den niedrigen Türrahmen. »Ich lass ihm ein paar Bilder rüberwachsen. Ich wette, der ärgert sich auch.«

Nein, Carlo hatte ganz anderes im Kopf, als er Minuten später keuchend angehastet kam. »Ich hatte recht! Das Adventskonzert hat hundertprozentig was mit unserem Fall zu tun. Ich hab den Beweis! Stellt euch vor, Mirjam singt in einem Mädchenchor. Weihnachtslieder. Sie haben gerade Probe in der Bibliothek vom Heim.«

Maik schlug sich mit der flachen Hand vor die Stirn. »Soll *das* etwa ein Beweis sein? Dass Mirjam Weihnachtslieder trällert, das ist doch nicht verdächtig. Das bedeutet doch bloß ...«

Carlo ballte die Fäuste und fiel ihm ins Wort: »Mensch, Maik, schnall das doch! Das bedeutet, dass sie ganz locker rein- und rausgehen kann beim Altenheim und dass sie sich am Sonntag im Haus befindet.«

»Und du meinst, da spielt sich dann was Kriminelles ab?« Julian wackelte zweifelnd mit dem Kopf.

»Und ob! Dafür verwette ich meinen Blinddarm.« Carlo war sich da hundertprozentig sicher. »Wir müssen jetzt tierisch aufpassen und unbedigt weiterermitteln. Am Sonntagnachmittag fällt die Entscheidung.«

»Und was sagst du dazu, dass diese Siechenkapelle absolut leer ist?«, wandte Maik an Carlo gerichtet ein. »Nicht mal 'ne einsame Spinne ...« Er trat wütend gegen die Tür. »Und die Scheißtür war überhaupt nicht abgeschlossen!«

Carlo hörte seinem Freund gar nicht zu. Er erzählte einfach weiter: »Rocky hab ich selbstverständlich auch observiert. Nachdem er dem alten Knacker auf der Bank die Pulle mit dem Fusel abgeliefert hatte, ist er zum Heim geflitzt und hat dann mitgeholfen, Abendessen zu servieren. Rocky kann echt gut mit den alten Leuten. Witze machen und so, Schultern tätscheln, bisschen charmant zu den alten Ladys sein. Ich fand's ziemlich widerlich. Wahrscheinlich bezweckt er was damit, will sich einschmeicheln, Geheimnisse entlocken. Was weiß ich!«

Julian knetete noch immer an seinen schmerzenden Beinen herum. Der Sturz auf den harten Steinboden hatte echt wehgetan. »Hat er dich etwa gesehen?«

»Natürlich nicht! Ich hab von draußen durchs Fenster vom Speisesaal geguckt. Videos hab ich auch. Und dazu einen ganz spannenden Verdacht. Ihr werdet's nicht glauben!«

»Na los, spuck's schon aus!«, forderte Julian.

»Der schwarze Mann.«

»Hä?«, riefen Maik und Julian gleichzeitig.

»Der Typ mit den schwarzen Klamotten und dem Gangsterhut. Ihr wisst schon. Der mit Mirjam und Rocky vor Svobodas Laden so heftig diskutiert hat. Ich glaube, er ist der Dirigent von dem Mädchenchor. Und Gitarre spielt er auch.« Und um der Frage der Freunde gleich zuvorzukommen, redete er rasch weiter: »Ich hab ihn gesehen, er hat mich nicht gesehen. Man

kann von außen in die Bibliothek reingucken. Keine Vorhänge oder so.«

Wenn Carlo sich nicht geirrt hatte, dann war seine Beobachtung ein ganz wichtiges Faktum in der Beweiskette der Detektive. Selbstverständlich musste das überprüft werden. Der Verdacht erhärtete sich: Beim Konzert am 4. Adventssonntag würde etwas Entscheidendes passieren!

»Aber was ist mit der Siechenkapelle?« Maik stieß Carlo den Ellenbogen in die Rippen. »Absolut leer. Schau doch mal rein! Nix als kalte Luft.«

Mit dem Licht der Smartphone-Taschenlampe tastete sich Carlo durch den Türrahmen und knallte dabei mit dem Kopf beinahe gegen den Holzbalken. »Verdammt! Das ist ja 'ne Tür für Zwerge.«

»Damals waren die Menschen halt viel kleiner«, meinte Julian.

Carlo ließ den Blick durch den kahlen Raum schweifen. Ein bisschen gruselte er sich, aber das ließ er sich nicht anmerken. »Völlig unlogisch«, flüsterte er, obwohl es keinen Grund gab, leise zu sprechen. »Das ist doch völlig unlogisch. Wieso ist Mirjam so scharf auf den Rochusschlüssel, wenn die Tür sowieso offen ist und es in diesem Kabuff nix zu holen gibt? Hat einer von euch 'ne Idee?«

»Ich hab immer eine Idee«, behauptete Maik. »Mindestens eine!«

Julian tat so, als müsste er fürchterlich husten. »Meine Damen und Herren, jetzt wird der Jackpot geknackt! Der Kandidat Maik Nowack hat die entscheidende Idee!«

Maik fand das nicht komisch. »Jetzt kombiniert doch mal. Wozu braucht man einen Schlüssel?«

»Dämliche Frage!« Carlo rieb sich mit dem Handschuhrücken einen Tropfen von der triefenden Nase. »Um eine Tür aufzuschließen natürlich, was denn sonst?«

Diese Antwort hatte Maik erwartet, darum genoss er es nun, seine Freunde noch ein ganz klein wenig länger im Unklaren zu lassen. »Voll daneben!«, stellte er schließlich grinsend fest. »Man braucht einen Schlüssel, um eine Tür *aufzuschließen,* klar, man braucht aber auch einen Schlüssel, um eine Tür *abzuschließen.* Logisch, oder?«

Julian hatte begriffen. »Du meinst, es geht darum, dass Rocky und Mirjam und ihre Verbündeten nichts aus dieser Kapelle *rausholen,* sondern was *reintun* wollen?«

»Julian mit dem Superhirn!« Maik klatschte übertrieben Beifall. »Ja, genau das meine ich. Die wollen was Wichtiges in der Siechenkapelle verstecken. Und dann wollen sie abschließen, damit niemand nachguckt. Alles ganz harmlos. Was soll in so 'ner alten Minikirche schon versteckt sein? Aber zum Abschließen brauchen sie nun mal den Rochusschlüssel.« Maik drehte an dem verschnörkelten Monsterschlüssel herum, der im Türschloss steckte. »Und jetzt stehen sie auf dem Schlauch, denn den Schlüssel haben wir!«

»Jawoll! Den haben wir.« Carlo reckte jubelnd die Faust in die Luft. »Aber was wollen die wohl verstecken in dem Schuppen hier?«

»Die Beute natürlich«, sagte Julian.

»Was für 'ne Beute?«

»Das ist die Zehn-Millionen-Euro-Frage.« Maik pustete nachdenklich die Backen auf.

Zum Rätselraten war aber plötzlich keine Zeit mehr. Aus der Richtung des Wohnheimes drangen schwankende Lichtpunkte herüber. Späte Spaziergänger? Nix wie weg! Das fehlte noch, dass jemand die drei Detektive entdeckte. Blitzschnell huschten Carlo, Maik und Julian ins Gebüsch. Da warteten noch Aufgaben auf die Ermittler: War der Chorleiter tatsächlich der Mann in Schwarz? Arbeiteten Rocky, Mirjam und er wirklich zusammen? Was würde nach der Chorprobe geschehen?

Was für einen Fehler haben Maik und seine Freunde gemacht?

Lies morgen weiter!

19. Dezember

Rocky ist eine coole Socke

Mehrstimmig schmetterten die 17 Mädchen eine Rockversion von *Morgen kommt der Weihnachtsmann*. Der Gitarrist stampfte zum Rhythmus des Liedes.

Aus dem Schatten des Marmormäuerchens, das zur Terrasse führte, lugten die drei Detektive durch das Fenster in die Bibliothek hinein. Sie sahen, dass Mirjam in der zweiten Reihe stand, ein wenig abseits von den anderen, als gehörte sie gar nicht richtig dazu. Die Lichter vom Tannenbaum vor dem Eingang waren ausgeschaltet. Matte Helligkeit schimmerte durch die Vorhänge in den oberen Etagen.

»Warum hören die Mädels nicht endlich mit dem Geträller auf?«, maulte Carlo. »Ich hasse Weihnachtslieder.«

»Geduld«, gab Julian lässig zurück, »Geduld ist die wichtigste Tugend der Detektive. Schon vergessen?«

Zum Glück war es das letzte Lied, das der Mädchenchor übte. Der Gitarrist, der gleichzeitig Chorleiter war, schwenkte zum Ausklang sein Instrument. Maik filmte eifrig. Die Sängerinnen griffen nach ihren Mänteln und Jacken, die sie auf Tischen und Stühlen abgelegt hatten. Mirjam trat ans Fenster und schaute in die Dunkelheit hinaus. War sie traurig?

»Köpfe runter!«, zischte Julian gerade noch rechtzeitig.

Minuten später kamen die Mädchen schwatzend, bibbernd und glucksend aus der Flügeltür des Seniorenheims. In Grüppchen strebten sie dem Haupteingang mit dem geschmiedeten Gitter zu. Offensichtlich wollten sie zur Straßenbahnhaltestelle.

Carlo schlug vor, dass Maik und er den Chef des Mädchenchores observieren sollten, um den Beweis zu liefern, dass der Mann tatsächlich der schwarze Hutträger sei. Wie und warum standen er und Rocky in Verbindung? Die Antwort auf diese Fragen war wichtig. Julian sollte Mirjam beobachten und ermitteln, wie sie sich nun verhalten würde. Wartete Rocky bereits auf sie?

»Mirjam beobachten?« Julian protestierte. »Warum ausgerechnet ich?«

»Weil du so 'ne Art Mädchentyp bist.« Carlo grinste wissend. »Keine langen Diskussionen! Und nicht erwischen lassen – vor allem nicht von dem ruppigen Hausmeister.«

Julian fluchte leise vor sich hin, machte sich dann aber an seine Detektivarbeit. Zwei Mädchen schlenderten untergehakt an den Laternen vorbei, in deren Lichtkegeln Schneeregen nieselte. Maik und Carlo waren verschwunden. Von Mirjam war nichts zu sehen.

Die Mädchen zuckten erschrocken zusammen, als Julian sie ansprach. Sie hatten den Jungen, der da plötzlich aus dem Schatten trat, vorher nicht bemerkt.

»Sorry!«, meinte Julian verlegen und hob die Hände, als wollte er zeigen, dass er unbewaffnet war. »Nur mal 'ne Frage. Ist Mirjam noch drin?« Er zeigte mit dem Daumen zum Eingang. »Sie hat nämlich was verloren und das wollte ich ...«

Das Mädchen mit den kreisrunden Brillengläsern hatte sich schnell gefasst und musterte Julian argwöhnisch: »Soll das 'ne Anmache sein? Wir kennen keine Mirjam. War's das?«

»Aber sie hat doch mit euch gesungen! Sie gehört zu eurem Chor. Die mit dem Nasenstecker und den Cowboystiefeln!«

Das andere Mädchen zog sich den dicken Schal aus dem Gesicht. Sie hatte offenbar erkannt, dass Julian noch ziemlich jung war und von ihm keine Gefahr ausging. »Ach, die meinst du! Wir wissen gar nicht, dass die *Mirjam* heißt. Eigentlich gehört die überhaupt nicht zu uns.«

Die Freundin bestätigte das. »So 'n dünner Kerl hat die vorhin angeschleppt und gefragt, ob sie bei uns mitsingen darf, auch beim Konzert am Sonntag. Gehört wohl irgendwie zum Seniorenheim, der junge Mann. Axel hatte nichts dagegen. Fand ich blöd!«

»Wer ist Axel?«, fragte Julian.

Das andere Mädchen schob sich den Schal wieder bis zu den Ohren hoch.

»Axel ist unser Chorleiter. Axel Blaschke. Dozent an der Jugendmusikschule. Eigentlich sind wir ein Gospelchor. *Gospeltrain*. Verstehst du? Wir singen Gospels und Spirituals. Warum wir hier auch so lahme Weihnachtslieder singen sollen, weiß außer Axel wohl nur der Weihnachtsmann.«

»Vielleicht will Axel den alten Leuten 'ne Freude machen«, gab Julian zu bedenken, »ist doch üblich im Advent. Wo Mirjam bloß steckt?«

Die beiden Mädchen meinten, vermutlich sei sie noch drinnen im Seniorenheim. Sie hakten sich wieder unter und schlenderten weiter Richtung Straßenbahn.

Sofort rief Julian seinen Freund Maik an. »Mann, Rocky ist echt clever, 'ne ziemlich coole Socke! Er war's, der Mirjam in den Mädchenchor eingeschleust hat. Klar, zusammen ausgeheckt mit dem Chorleiter. Sie singen Gospels und Spirituals.«

»Waaas singen die?«

»Erklär ich dir später. Der Chorleiter hat gerade das Haus verlassen in Richtung Parkplatz. Gitarrenkasten in der Hand. Er heißt übrigens Axel Blaschke. Mirjam kann jetzt ganz ungestört im Altenheim rumlaufen und sich von Rocky die Gänge und Flure und sonstigen Räumlichkeiten haargenau zeigen lassen. Vorbereitung fürs Adventskonzert. Checkst du das? Mirjam gehört ja jetzt offiziell dazu. Und was den Mann in Schwarz betrifft ...«

»Ende!« Aufgeregt unterbrach Maik das Gespräch. »Carlo und ich sehen ihn kommen!«

Nur noch wenige Autos standen auf dem Besucherparkplatz. Axel Blaschkes Absätze klapperten auf dem Asphaltbelag. Dass Carlo auf seinem Handy tippend aus der Lücke zwischen einem Kleintransporter und einem Polo schlenderte, sah Blaschke zu spät. Die beiden prallten mit Schwung gegeneinander. Carlo riss den Kopf hoch und schrie auf, als sei er furchtbar erschrocken. Im Straucheln schlug er dem schwarzen Mann den Hut mit der breiten Krempe vom Kopf.

»Hey, pass doch auf, wo du hinläufst!«, schimpfte Axel Blaschke, bückte sich und grapschte nach seinem Hut. »Nur Augen für das Scheißhandy, wie?«

»Passen Sie lieber auf Ihr kostbares Instrument auf, Herr Musiker!«

»Ach, witzig bist du also auch noch, du Trottel?« Der Mann lief auf einen Sportwagen zu und stellte den Gitarrenkasten auf den Beifahrersitz. Bevor er einstieg, drehte er sich zu Carlo um und schüttelte irritiert den Kopf.

Aus seinem Versteck heraus hatte Maik die Szene gefilmt. Besonders Bilder vom hutlosen Kopf und den Gesichtszügen waren für die Beweiskette wichtig. Maik dachte: *Verdient ein Musiklehrer so viel Geld, dass er sich ein Mercedes-Cabrio leisten kann?*

Der Motor des teuren Autos röhrte auf, der Mann in Schwarz düste mit seinem Sportwagen davon. Dafür kam Julian angetrabt.

Die Jungs beschlossen, in der Siechenkapelle die Bilder zu vergleichen und auf dem Display von Maiks Smartphone nach dem endgültigen Beweis zu suchen, ob Axel Blaschke, Rocky und Mirjam tatsächlich die drei Verschwörer waren, die vor Svobodas Geschäft so heftig diskutiert hatten.

»Dem Rocky trau ich alles zu«, meinte Julian.

»Du wiederholst dich.« Maik fummelte in der Innentasche seines Dufflecoats herum. »Mist, wir haben einen Fehler gemacht! Der Schlüssel! Der muss noch in der Tür von der Kapelle stecken. Wir haben ihn vergessen!«

Ist der Rochusschlüssel verschwunden?

Lies morgen weiter!

20. Dezember

Drei Detektive mit Durchblick

Kalt und nass pfiff den Detektiven der Wind um die Ohren. Also auf zur Kapelle! Sie gaben sich keine Mühe, Deckung hinter Büschen und Bäumen zu suchen. Kein Mensch war zu sehen, Rocky befand sich mit Mirjam im Altenheim. Der Park lag schwarz und leer im Dunkeln.

Carlo stöhnte: »Uff, bin ich platt! So ein verdammt langer Tag.«

Sie erreichten die Siechenkapelle und schalteten ihre Taschenlampen auf mattes Streulicht. Dann blieben sie wie erstarrt stehen. Was für ein Schock!

»Ich flippe aus!« Julian ließ die Taschenlampe fallen. »D-d-der Schlüssel ist weg!«

Wie hatte das passieren können? Wie konnte der Schlüssel so schnell verschwunden sein? Hatte sich jemand unbemerkt zur Kapelle geschlichen? Gab es vielleicht einen Verbündeten, von dem die Jungs keine Ahnung hatten? Da konnten sie noch so intensiv an der Türklinke rappeln und im Gras suchen: Der Rochusschlüssel war weg und die Kapelle war verschlossen. Sie hatten einen Fehler gemacht, als sie vergessen hatten, die Tür abzuschließen und den Schlüssel mitzunehmen. Aber wer konnte in ihrer kurzen Abwesenheit hier aufgetaucht sein und ihre Panne ausgenutzt haben? Was hatte das alles zu bedeuten?

Julian tobte: »Maik, du bist schuld! Du hattest den Schlüssel in Verwahrung. In der Tasche von deinem hässlichen Dufflecoat! Jenny hatte dir den Rochusschlüssel anvertraut. Also hast du die Verantwortung. Rocky hat uns die ganze Zeit an der Nase rumgeführt, hatte uns zappeln lassen, und jetzt lacht er sich ins Fäustchen. Und wir stehen jetzt da wie die Vollidioten, weil du gepennt hast ...«

Das ließ Maik selbstverständlich nicht auf sich sitzen. Wütend schrie er: »Wir haben doch zusammen hier gestanden.

Wieso bin dann ausgerechnet ich allein für den Schlüssel verantwortlich? Carlo und du, ihr habt doch auch Augen im Kopf! Warum habt ihr denn nicht gesehen, dass der Schlüssel noch steckte?«

»Aber du hast zuletzt an dem Schlüssel rumgedreht, als der noch im Schloss steckte. Ich kann mich genau erinnern. Also musstest du ...«

Carlo schritt ein: »Hey, jetzt hört auf zu streiten, ihr Idioten! Das bringt doch den Schlüssel auch nicht zurück. Wir müssen jetzt Ruhe bewahren und logisch kombinieren.« Carlo senkte die Stimme. »Die Situation hat sich sogar positiv für uns entwickelt. Lasst mal die grauen Hirnzellen rotieren!«

Maik lachte spöttisch. »Warum versteh ich das wohl nicht, Herr Lehrer?«

Julian guckte verständnislos: »Was meinst du, Carlo?«

»Also, jetzt hört mal zu: Rocky mag ja ziemlich clever sein, aber er hat einen entscheidenden Denkfehler gemacht. Er hält uns nämlich für Diebe«, erklärte Carlo geduldig.

»Hääähh?«, riefen Maik und Julian gleichzeitig.

»Überlegt doch mal!« Carlo klatschte in die Hände. »Mirjam hat den Rochusschlüssel in Jennys Rucksack versteckt, aber wir haben ihn in die Finger gekriegt und Mirjam ausgetrickst. Wir haben nämlich schnell rausgefunden, dass der Schlüssel zur Siechenkapelle gehört. Und was denkt sich Rocky nun?«

»Ja, was denn?«, riefen Maik und Julian wieder gleichzeitig.

»Der denkt: Diese Clowns vermuten, dass es in der Kapelle wertvolle Schätze gibt. Goldene Kerzenleuchter, antike Heiligenfiguren, Kreuz mit Edelsteinen und Perlen als Verzierung – was weiß ich! Und da wollen sie jetzt reiche Beute machen. Bloß war dann in der Kapelle nix drin! Niente, nothing. Und da waren die Diebe so sauer, dass sie vor lauter Frust sogar den Schlüssel stecken gelassen haben. Ende der Fahnenstange.«

Maik schüttelte sich wie ein nasser Pudel, weil er das Gedankendurcheinander in seinem Kopf sortieren musste. »Okay,

Carlo! Ich seh's jetzt so wie du: Ich meine, dass du meinst, dass Rocky meint, wir hätten aufgegeben, weil er meint, dass wir Diebe wären.«

»Da meinst du aber 'ne ziemliche Menge.« Julian nickte bedächtig. »Der Denkfehler: Wir sind keine Diebe, wir sind die Guten!«

Da konnte Carlo sich vor lauter Zustimmung natürlich nur selber auf die Schulter klopfen. »Exakt, so ist es. Und weil Rocky nun spekuliert, dass wir enttäuscht aufgegeben hätten und aus dem Spiel sind, fühlt er sich sicher und rechnet nicht mehr mit uns. Doch da irrt er sich gewaltig!

»Und ob!«, rief Maik siegessicher. »Wir sind viel cleverer als Rocky! Wir haben nämlich den Durchblick.«

Julian, Maik und Carlo waren sich einig: Der böse Plan von Rocky, Mirjam und Axel war, die alten Bewohner der Seniorenresidenz Sankt Rochus mit einem miesen Trick auszurauben. Das Adventskonzert am Sonntag war der richtige Zeitpunkt. Wohlhabende Seniorinnen und Senioren, die sich alle im großen Saal versammelt haben würden, um zusammen mit ihren Angehörigen und den Festgästen der Weihnachtsmusik zu lauschen. Und die hinterhältigen Diebe? Rocky Trimmel, Mirjam Svoboda, Axel Blaschke. Aber da musste noch jemand mitmischen! Ein Spitzel? Ein Spion? Ein heimlicher Komplize? Rocky konnte unmöglich an zwei Orten gleichzeitig sein und den Rochusschlüssel aus der Kapellentür stibitzen, während er doch mit Mirjam die Flure und Gänge des Altenheims bespitzelte! Da waren noch viele Fragen offen.

»Lasst uns jetzt erst mal die Videos anschauen«, schlug Maik vor. Unter dem Türrahmen der Kapelle, wo der Wind nicht so kalt pfiff, gingen sie in die Hocke. Maik hielt sein Smartphone hoch, damit alle die Videos sehen konnten. Großes Gelächter bei der Szene, in der Carlo zwischen den Autos angewankt kommt, auf sein Handy starrt und den Mann in Schwarz scheinbar gar nicht bemerkt. Dann der Rempler, der breitrandige Hut segelt durch die Luft, der Gitarrenkasten wackelt, der Mann brüllt.

»Die Nummer war echt überzeugend«, gab Julian anerkennend zu. »Echt krass. Axel Blaschke ist voll drauf reingefallen.«

Axel Blaschke. Es gab überhaupt keinen Zweifel, dass der Leiter des Gospelchores und der Komplize von Rocky und seiner Freundin Mirjam identisch waren. Das Gesicht war deutlich zu erkennen. Der Beweis war erbracht.

Carlo schüttelte verständnislos den Kopf. »Das ist doch völlig abgefahren. Ein Musiker als Gangster – das passt gar nicht!«

»Kriminalisten dürfen sich von Äußerlichkeiten nicht täuschen lassen«, erklärte Maik. Dann fügte er geradezu feierlich einen seiner Lieblingssätze hinzu: »Wenn alle Kriminellen ein Schild auf der Brust trügen mit der Aufschrift *Ich bin ein Gangster,* dann hätte es die Polizei leicht.«

Gebannt starrten die Jungs auf die Videosequenzen mit dem startenden schwarzen Mercedes-Cabrio. Was für ein cooles Auto!

»Wow!« Julian stöhnte tief. »Verdient ein Musiklehrer so viel, dass er sich solch einen teuren Schlitten leisten kann?«

Maik sprang auf. »Genau das hab ich mich auch gefragt. Ihr wisst ja, ich hab 'ne Menge Ahnung von Autos. So ein Oldtimer-Mercedes ist wahnsinnig teuer im Unterhalt. Dauernd Reparaturen, Ersatzteile sind kaum mehr zu kriegen, irrer Spritverbrauch, so an die zwanzig Liter auf hundert Kilometer ... Axel Blaschke ist scharf auf Geld, Rocky und Mirjam brauchen Bares für ihre Zukunftspläne – und wo holt man die Kohle her? Von den Senioren!«

»Das wissen wir doch längst«, sagte Carlo ungeduldig. »Ich muss nach Hause, sonst krieg ich Ärger. Wer informiert Jenny?«

Gibt es wirklich einen Komplizen im Hintergrund?

Lies morgen weiter!

21. Dezember

Plötzlich ist die Polizei im Spiel

Sofort sagte Julian: »Das kann ich ja machen. Ich telefoniere mit Jenny. Und ein paar Bilder schicke ich ihr auch. Wenn sie die leere Kapelle sieht ...«

Maik und Carlo grinsten sich an. Sie hatten ja geahnt, dass Julian den Kontakt zu Jenny übernehmen würde. Julian und Jenny! Hihi!

Julian tat so, als hätte er das Grinsen der beiden gar nicht bemerkt. Er zählte an den Fingern ab: »Erstens müssen wir überwachen, was Rocky für das Konzert am Sonntag ausklamüsert. Zweitens dürfen wir Mirjam nicht aus den Augen lassen, weil die so komisch verunsichert ist. Drittens sollten wir unbedingt mehr über diesen Musiktypen Axel Blaschke recherchieren. Und viertens wäre es verdammt gut, wenn wir rauskriegen könnten, ob es da tatsächlich einen Komplizen im Hintergrund gibt. Das wären unsere Jobs für morgen. So seh ich das jedenfalls.«

»Jawoll, Herr Hauptmann!« Maik knallte die Hacken zusammen und prustete los, aber eigentlich war er von Julians Rede sehr beeindruckt. Er klopfte dem Freund auf die Schulter. »Und jetzt nix wie ab nach Hause!«

Sie hoben die Hände. »Einer für alle! Alle für einen!«

Dann eilten sie den Hauptweg hinunter zum schnörkligen Eingangstor. Der Schneematsch war inzwischen angefroren und knirschte unter den Schuhen der Jungs.

Zum Glück war das Tor noch nicht abgeschlossen.

An der Straßenbahnhaltestelle wartete ein breitschultriger Mann in dunkelbraunem Ledermantel und mit einem Cordhütchen. Er schien aber nicht auf die Straßenbahn zu warten, sondern auf die drei Jungs.

»Na, habt ihr auch mitgesungen im Gospelchor?«

Carlo, Julian und Maik erschraken, ließen es sich aber nicht anmerken. Dass der Mann ein Polizist in Zivil war, hatten sie auf den ersten Blick erkannt. Jetzt nur keinen Fehler machen!

»Wir sind keine Sänger«, sagte Julian und stemmte die Fäuste in die Hüften. »Wir sind Fußballspieler!«

»Aha.« Im Neonlicht der Haltestellenüberdachung wirkte das Schmunzeln des Mannes wie ein böses Grinsen. »Ihr habt euch ja ziemlich lange im Park des Rochusheims rumgetrieben. Was gab's denn da so Spannendes zu sehen?«

Maik antwortete kühl: »Och, nix Besonderes. Aber weil da Sonntag so 'n Konzert veranstaltet wird, da wollten wir halt mal ... Wer sind Sie überhaupt?«

»Kriminalhauptkommissar Großeschulte.« Der Beamte zog seinen Ausweis aus der Brusttasche seines Mantels und hielt ihn so ins bläuliche Licht, dass die Jungs ihn sehen konnten. »In der letzten Zeit gab es allerlei Unregelmäßigkeiten in der Seniorenresidenz. Anscheinend kleinere Diebstähle, verschwundene Geldbeträge und Wertgegenstände ... Alte Leute verschusseln ja schon mal dies und das, aber in den letzten Wochen haben sich die Fälle auffällig gehäuft. Da hat sich die Heimleitung an die Kriminalpolizei gewandt, nachdem auch Kreditkarten abhandengekommen sind.«

Carlo reckte die Faust zu den düsteren Wolken und fragte scheinbar empört mit bebender Stimme: »Verdächtigen Sie *uns* etwa? Sehen wir aus wie Diebe?«

Der Kriminalbeamte winkte beruhigend ab. »Nein, nein! Dies ist nur eine kleine Befragung. Meinen Kollegen und mir ist natürlich nicht entgangen, dass ihr drei hier im Park herumgeschlichen seid.« Er zeigte zum Eingangstor hinüber. »Und auf dem Parkplatz habt ihr euch auch sehr intensiv umgeschaut. Frage eins: Warum interessiert ihr euch für das Altenheim? Frage zwei: Sind euch seltsame Personen aufgefallen?«

Verflucht!, dachte Maik und schämte sich. Da waren sie von der Kripo beobachtet worden und hatten nichts davon bemerkt. Sie selber hatten Rocky, Mirjam und den Mann in Schwarz

beobachtet, Hausmeisterssohn Rocky hatte ihn und die beiden Freunde beobachtet, anscheinend hatte ein geheimnisvoller Unbekannter die ganze Beobachterei beobachtet. Was für ein Durcheinander! Maik sagte: »Also, was die erste Frage betrifft, das hat was mit den Weihnachtsferien zu tun.« Er druckste ein bisschen herum. »Wir wohnen mehr in der Innenstadt und da hatten wir das Altenheim und den Park noch nie so richtig bemerkt. Ist ja ziemlich weit draußen. Aber als wir dann erfahren haben, dass hier so 'n ganz schön abgefahrenes Konzert veranstaltet werden soll ... Na ja ...«

Carlo kam Maik schnell zu Hilfe. Er hatte sich blitzschnell eine Geschichte ausgedacht. »Also, Herr Kommissar, ich sag's mal ganz offen: Es geht um Geld. Verstehen Sie? Wir müssen ja unbedingt noch 'n paar Weihnachtsgeschenke besorgen. Aber wir sind alle drei restlos pleite. Da haben wir uns gedacht, dass wir uns bei dem Adventskonzert ein bisschen was verdienen könnten. Instrumente schleppen, Parkplatz bewachen, Rollstühle schieben, Garderobe organisieren ... Was halt so anfällt. Verstehen Sie?«

»Ist ja nicht so schwer zu verstehen.« Hauptkommissar Großeschulte war von Carlos langer Erklärung anscheinend aber nicht restlos überzeugt. »Und darum musstet ihr den gesamten Park durchstreifen und sogar die Kapelle gründlich in Augenschein nehmen?«

Jetzt musste Julian ran! Erschrocken dachte er: *Hoffentlich haben die Polizisten nicht gemerkt, dass wir richtig drin waren in der Siechenkapelle und dass wir sogar den Schlüssel hatten!* »Och, die Kapelle ist ja nur ein winziger Schuppen. Totale Enttäuschung. In der Schule hatten wir gelernt, dass die eigentlich berühmt ist, weil die Kranken mit den Aussatzgeschwüren da drin immer gebetet haben. Aber dass da nur so 'ne mickrige Minikirche steht, konnte ja keiner ahnen.« Julian winkte ab. »Außerdem war sie abgeschlossen. Mittelalter hatten wir uns spannender vorgestellt.«

Der Kommissar lachte leise. Dann räusperte er sich. »Meine zweite Frage ist noch nicht beantwortet. Sind euch seltsame Personen aufgefallen? Irgendjemand, der auf dem Gelände eines Seniorenheimes eigentlich nichts zu suchen hat?«

Carlo zeigte auf Maik und Julian. »Diese beiden sind die seltsamsten Personen, die mir im Park aufgefallen sind.«

Der Kriminalbeamte fand das nicht witzig. Er zeigte den Jungs ein postkartengroßes Foto und hielt es ins Licht. »Habt ihr diesen Mann schon mal gesehen? Schaut genau hin!«

Das Bild zeigte das zerknautschte Gesicht eines ziemlich alten Mannes: auffallend dicke Knollennase, wasserhelle Zwinkeraugen, glattes, schütteres Haar. Anscheinend trug der Mann ein grau-weiß gestreiftes Hemd ohne Kragen.

»Nö«, sagte Julian, »nie gesehen.«

»Nö«, sagte Carlo, »nie gesehen.«

Maik starrte angestrengt auf das Foto. Irgendwie kam ihm das Gesicht bekannt vor. Könnte das der Mann sein, der im Park auf der Bank gesessen und die Eichhörnchen gefüttert hatte? Maik hatte das Gesicht nur im Dämmerlicht gesehen, umrahmt von einer Pelzkappe. Auf Rocky und den Whisky hatte der alte Knacker angeblich gewartet. Was für einen Namen hatte der Mann genannt? Schneiderjahn – oder so ähnlich. Carl-Gustav. Altmodischer Name. Nein, Maik war sich ganz und gar nicht sicher. Zögernd sagte er: »Nö, nie gesehen.«

Carlo hatte noch etwas zu melden. »Auf der Rückseite vom Park, hinter dem Wäldchen, da ist jemand in den Gitterzaun gebrettert. Mit 'nem Auto oder 'nem Bagger oder so. Tiefer Riss ...«

Der Hauptkommissar nickte nur. Interessierte ihn das nicht oder wusste er es schon? Er ging zur anderen Straßenseite, wo ein Auto auf ihn wartete.

Wann schlagen die Detektive zu?

Lies morgen weiter!

22. Dezember

Jetzt muss Tanja ran

Ein eiskalter Wind pfiff vor dem Fenster. Maik war todmüde und konnte trotzdem nicht einschlafen. Was für ein langer und aufregender Tag! In seinem Kopf kreisten die Gedanken, als liefen mehrere Radioprogramme gleichzeitig. Maik gab sich Mühe, Ordnung in das Durcheinander zu bringen.

So viele Fragen auf einmal! Hätten Julian, Carlo und er dem Kommissar nicht alles berichten müssen, was sie über den Plan von Rocky, Mirjam und Axel Blaschke herausgefunden hatten? Die Siechenkapelle, der Rochusschlüssel, das Adventskonzert ... Der Kripomann hatte gesagt: *In der letzten Zeit gab es allerlei Unregelmäßigkeiten in der Seniorenresidenz.* Und die Polizei ermittelte ja auch schon längst. Machte man sich denn nicht strafbar, wenn man wichtige Informationen verschwieg?

Trotzig dachte Maik: *Es ist aber auch ein Job für die Musketiere! Hat Jenny uns denn nicht den rätselhaften Fall übertragen? Könnten wir der Kriminalpolizei nicht vielleicht unsere Zusammenarbeit anbieten?* Maik musste unwillkürlich grinsen. Als ob die Berufsbullen sich auf einen Deal mit drei Amateurdetektiven einlassen würden!

Plötzlich sah Maik wieder das Foto mit dem Gesicht des alten Mannes vor sich, das Hauptkommissar Großeschulte ihnen vor die Nase gehalten hatte. Der etwas spöttische Gesichtsausdruck, die tiefen Falten von den Nasenflügeln zur Kinnspitze. Ja, und besonders die Nase! Knollennase, Kartoffelnase, Boxernase.

Und dann machte es klick. Auf einmal begriff Maik, dass der Mann auf dem Foto und der Eichhörnchenfütterer dieselbe Person waren. Stand der Mann von der Parkbank mit dem komischen Namen Carl-Gustav Schneiderjahn vielleicht auf der Verdächtigenliste der Kriminalpolizei? War er etwa der unbekannte Komplize?

Warum hat er mir seinen Namen genannt?, dachte Maik. *Er*

sitzt auf der Parkbank, wartet angeblich auf Rocky und den Whisky – und sagt mir seinen Namen, als er mich bemerkt. Und dass er Chef bei den Chemikern vom Städtischen Wasserwerk gewesen sei! Warum erzählt er mir den ganzen Quatsch? Ich bin mir sicher, dass der alte Mann von seiner wirklichen Identität ablenken wollte und sich die Story nur ausgedacht hatte! Julian, Carlo und ich sollen ihn für harmlos halten und nicht weiter nachforschen. Aber das war ein Eigentor! Jetzt sind wir erst recht scharf auf den verdächtigen Mann mit der Kartoffelnase.

Endlich fiel Maik in tiefen Schlaf.

Der Samstagmorgen war strahlend hell. Schneekristalle glitzerten. Die Jungs trafen sich wie verabredet zur Schlussberatung im Geheimversteck. Julian war schon im Morgengrauen über die Mauer geklettert und hatte in der alten Schmiede ein Feuer angezündet, trotzdem schlotterten die Jungs vor Kälte, als sie sich auf die Holzklötze hockten und erst einmal hastig die Zwiebäcke verschlangen, die Carlo mitgebracht hatte.

Natürlich hatte Maik jetzt seinen großen Auftritt. Er sprang in die Höhe und verkündete stolz: »Haltet euch fest! Das Foto von dem alten Mann, das der Kommissar uns gestern Abend gezeigt hat, also, ich weiß jetzt, wessen Gesicht das ist!«

»Das vom heiligen Rochus«, unterbrach Carlo feixend.

»Natürlich nicht, du Scherzkeks!«, stellte Maik genervt klar. »Es ist das Gesicht vom Drahtzieher im Hintergrund: Carl-Gustav Schneiderjahn! Rocky, Mirjam, Axel Blaschke – und er. Ich vermute mal, dass er sogar der Boss der Bande ist.« Auch der Rest seiner nächtlichen Überlegungen sprudelte nun aus Maik heraus. Das haute Julian und Carlo wirklich um.

»Das mit dem Namen, das überprüfen wir mal schnell.« Carlo googelte bereits auf seinem Smartphone. Die Nummer der Seniorenresidenz Sankt Rochus hatte er schnell, doch er musste ziemlich lange warten, bis sich eine Frauenstimme meldete.

Carlo stellte den Lautsprecher an und hielt sich die linke

Hand wie eine Röhre vor den Mund. Er war ein erstklassiger Stimmenversteller. »Hier spricht die Straßenbahnverwaltung. Ich nehme an, ich bin mit der Seniorenresidenz verbunden.«

Die Frauenstimme: »Ja, das sind Sie. Was kann ich für Sie tun?«

»Es geht um eine Auskunft. In unserer Straßenbahn Linie 7 wurde eine Kreditkarte auf den Namen Schneiderjahn, Carl-Gustav, gefunden. Nur der Name, keine Anschrift. Eine Frau hat beobachtet, dass der Fahrgast, der auf dem entsprechenden Platz gesessen hatte, an der Haltestelle vor Ihrem Heim ausgestiegen ist. Meine Frage: Gibt es einen Heimbewohner mit dem Namen Schneiderjahn ...«

Die Frauenstimme unterbrach. »Nee, nee, gibt es nicht. Da liegt ein Irrtum vor. Einen Herrn Schneiderjahn haben wir nicht.«

Carlo mit der verstellten Stimme gab aber noch nicht auf. »Die Dame, die den betreffenden Fahrgast beobachtet hat, gibt an, dass jener Herr gewissermaßen polarforschermäßig gekleidet war und über eine auffallende Nasenpartie verfügte. Knollennase sozusagen.«

Julian und Maik konnten sich das Lachen kaum verkneifen. Sie mussten aufpassen, dass sie nicht laut rausplatzten. Carlo war echt klasse.

Auch die Frau vom Altenheim lachte. »Knollennase! Da sagen Sie was. Und solch extreme Winterkleidung, tja, das würde auf unseren Herrn Blaschke zutreffen, Otto Blaschke. Doch er ist heute Morgen garantiert nicht mit der Straßenbahn gefahren, weil er sich nämlich krankgemeldet hat. Hat sich das Frühstück sogar aufs Zimmer bringen lassen. Sorry, tut mir leid.«

Das Gespräch war beendet. Die drei Detektive waren zuerst einmal völlig baff und guckten sich gegenseitig mit offenem Mund sprachlos an. Dann riefen sie nahezu gleichzeitig: »Otto Blaschke?« Plötzlich war alles klar.

»So ein schlauer Fuchs!« Maik konnte es kaum fassen. »Ausgekochter Obertrickser! Erst schmeißt er mit dicken Lügen um sich, um sich selbst zu tarnen, und dann erzählt er, dass Rocky und Mirjam Geld für ihr geplantes Pizza-Auslieferungsunternehmen brauchen. Kapiert ihr? Wenn was schiefgeht, sind nur die beiden verdächtig. Sein Sohn Axel Blaschke, der ja ganz offensichtlich für die Klauerei bei den reichen alten Leuten eingeplant ist, darf auf keinen Fall in Verdacht geraten. Verflucht clever!«

»Aber dass die Kriminalpolizei ihn längst auf dem Schirm hat und dass wir ihn sozusagen profimäßig beschatten, das ahnt der alte Otto Blaschke nicht!«, triumphierte Carlo.

Julian sah die Situation allerdings ein wenig kritischer. »Mal so nebenbei: Der Chorleiter Axel Blaschke ist höchstens dreißig Jahre alt und kann also kaum der *Sohn* vom alten Otto Blaschke, sondern vermutlich der *Enkel*. Otto Blaschke ist doch sicher schon weit über achtzig. Aber egal, wir haben ein Problem.«

Maik schob Holzscheite ins Feuer. »Mach's nicht so spannend!«

»Die Heimbewohner sollen bestohlen werden, während sie im Gemeinschaftssaal dem Adventskonzert lauschen. Korrekt? Aber vergesst nicht: Die schließen doch ihre Räume ab und stecken die Schlüssel ein, bevor sie zum Konzert gehen! Vor allem, weil es in letzter Zeit zu Unregelmäßigkeiten gekommen ist, wie der Kommissar das genannt hat. Wie kommen also die Diebe in die Zimmer rein, heh?«

Da konnte Carlo nur müde lächeln. »Alter – der Hauptschlüssel! Rocky ist der Sohn vom Hausmeister. Da weiß er doch wohl, wo der Hauptschlüssel hängt. Wir müssen eine Spionin ins Heim einschmuggeln. Tanja nämlich!«

Warum ausgerechnet Tanja?

Lies morgen weiter!

23. Dezember

Die Entscheidung naht

Es polterte an der Tür. Julian flitzte los und schloss auf. Jenny war gekommen. Endlich! Und sie hatte ihre Cousine Tanja mitgebracht. Die sah ein bisschen mitgenommen aus, weil sie von der Mauerkrone gerutscht und in den Schneematsch geplumpst war.

»Sorry«, sagte Jenny und streckte die kalten Hände zu den Flammen aus, »aber ich musste erst noch für meine Eltern ein paar geänderte Klamotten zu den Kunden austragen. Jungs, ich hab was Hammerwichtiges zu melden!«

»Erst kommst du zu spät«, nörgelte Carlo, »und dann platzt du auch noch in unsere taktische Planung rein. Was ist denn so hammermäßig wichtig, Jenny? Hast du neue Informationen?«

»Und ob!« Jenny berichtete hastig: Ihre Mutter hatte sich gestern nach dem langen Tag am Schneidertisch am Abend noch ein bisschen die Beine vertreten und einen Bummel um den Häuserblock machen wollen. Jenny hatte sie begleitet. »Da kamen wir auch in den Goldammerweg«, sagte Jenny, »der ist ja nicht weit von unserer Wohnung entfernt. Svobodas Schnapsladen war natürlich längst geschlossen, aber das Schaufenster war hell erleuchtet. So konnten wir auch erkennen, dass da der grüne VW parkte. Rocky und Mirjam saßen drin und brüllten sich an und stritten mit Händen und Füßen. Mirjam hat geheult und dann ist sie raus aus dem Auto. Sie war echt verzweifelt! Wisst ihr, was ich glaube? Sie will raus aus der Nummer!«

Julian nickte bedächtig. »Ich kapiere. Mirjam hat plötzlich ein schlechtes Gewissen, die Sache wächst ihr über den Kopf. Checkt ihr das? Sie will aussteigen. Sie hat bei den Chorproben die alten Leute gesehen und jetzt will sie die nicht mehr beklauen.«

»Ja, so ist es!«, rief Jenny. »Wir müssen ihr helfen!«

Maik verstand die Welt nicht mehr. »Jenny, bist du bescheuert? Mirjam ist unsere Gegnerin. Sie hat dir sogar auf die Nase gehauen. Schon vergessen? Wir haben es mit einem Kriminalfall zu tun und nicht mit 'nem Weihnachtsmärchen. Du hast Julian, Carlo und mir den Auftrag erteilt, gegen diese blöde Kuh zu ermitteln, und jetzt bist du auf einmal auf ihrer Seite? Das darf doch nicht wahr sein!«

Jenny und die Detektive begannen, wild zu diskutieren, während Tanja die behandschuhten Hände auf die Ohren presste und sich raushielt. Allmählich beruhigten sich alle wieder und kamen sogar zu einem gemeinsamen Ergebnis: Die Diebe sollten gestoppt werden. Noch vor der Kriminalpolizei wollten die Musketiere zuschlagen und die Beute in Sicherheit bringen. Mirjam sollte eine zweite Chance bekommen und möglichst heil aus dem Fall *Seniorenabzocke* rauskommen.

Carlo stupste Tanja an. »Wir hatten gerade über dich gesprochen, bevor du mit Jenny angetrabt kamst. Du kriegst 'ne Hauptrolle! Wir schmuggeln dich morgen Nachmittag in den Saal rein, wenn das Konzert anfängt. Du bist unsere Spionin und informierst uns über Handy.«

»Warum denn ausgerechnet ich?«

»Weil unsere Gegner dich nicht kennen. Du bist unverdächtig. Okay?«

Julian zückte sein Handy. »Ich will das mal präzisieren, wie es in der Detektivsprache heißt. Die Adventsshow beginnt um 15 Uhr. Zuerst das Geigenquartett, dann die Sopranistin, Kinderchor, ein Typ, der Gedichte aufsagt, und zum Schluss der Mädchenchor mit Mirjam. Ich schätze, das Konzert dauert mindestens 'ne Stunde, danach ist Pause. Die müssen ja mal pinkeln, bevor das Kaffeetrinken losgeht.«

Maik schaltete sich ein. »Das bedeutet, dass die Diebe innerhalb der ersten Stunde in die einzelnen Zimmer eindringen werden. Otto Blaschke wird längst ausklamüsert haben, wo es was zu holen gibt. Wertgegenstände, Goldschmuck, Bargeld als Weihnachtsgeschenk für die Enkel und so.«

Sie redeten noch eine Weile intensiv über ihr taktisches Vorgehen, legten die Zeit für ihr Treffen bei der Frittenbude am Sonntagmittag fest und klatschten die Hände gegeneinander. *Einer für alle, alle für einen!*

Carlo rief: »Wir sind auf der Zielgeraden, Leute! Endspurt!«

Sie löschten das Feuer und machten sich über die Mauer aus dem ehemaligen Gewerbegebiet davon.

Am Abend telefonierten sie noch einmal miteinander. Alle waren gespannt wie Flitzebogen. Die Endphase ihres Kriminalfalles stand bevor. Mit dem rätselhaften Schlüssel in Jennys Schulrucksack hatte alles begonnen. Jetzt steckten sie mittendrin im großen Abenteuer.

Und dann kam der vierte Adventssonntag!

Vom Treffpunkt an der Frittenbude aus machten sie sich auf den Weg. Bloß nicht als Gruppe auffallen, denn sie wussten ja, dass die Kripobeamten auf der Lauer lagen! Tanja und Carlo fuhren die paar Stationen mit der Straßenbahn, Maik ging allein und machte den Umweg über die Rückseite des Parks. Julian und Jenny liefen auch zu Fuß. Ha, natürlich Julian und Jenny! Über ihre Handys blieben sie alle dauernd in Kontakt.

Das Haupttor mit dem schnörkligen Gitterwerk stand weit offen. Erste Gäste waren bereits gekommen. Auch auf dem Parkplatz begann der Betrieb. Besucher und Heimbewohner schlenderten gemütlich durch den Park. Das Wetter war kalt, klar und windstill. Bis zum Konzertbeginn war noch fast eine Stunde Zeit. Der große Weihnachtsbaum schimmerte hell. Leise Musik tönte vom roten Haus herüber. *Kling, Glöckchen, klingelingeling ...*

Maik hatte sich hinter hohen Büschen versteckt. Er rief Carlo an. »Hast du irgendwo Polizei entdeckt?«

»Negativ, Maik! Jeder ist auf seinem Posten, alles genau nach Plan. Tanja hat sich bei einer alten Dame mit Rollator eingeschmeichelt und macht auf Enkelin. Sie ist bereits im Haus und hat abgecheckt, dass sich die Hintertür nur von innen öffnen lässt. Aber sie macht sie rechtzeitig für uns auf, wenn's losgeht. Ende!«

Nach und nach füllte sich der Saal. Die Bewohnerinnen und Bewohner der Seniorenresidenz und ihre Angehörigen ließen sich einer nach dem anderen auf den Bankreihen nieder. Zwei Pflegerinnen in cremefarbiger Dienstkleidung halfen dabei. Hausmeister Trimmel, in feinem dunkelblauem Anzug, war so eine Art Oberplatzanweiser und geleitete auch die Kinder von der Astrid-Lindgren-Schule und die Gospelsängerinnen zu ihren Bänken.

Wo steckte eigentlich sein Sohn Rocky?

Tanja hatte sich einen Platz am Ende einer Stuhlreihe gesucht, damit sie möglichst unbemerkt und flink Mirjam folgen konnte, wenn die ihre Aktion begann. Mirjam trug, wie alle Mädchen der Chorgruppe, einen hellen Pulli und eine schwarze Hose. Da fielen ihre Cowboystiefel besonders auf.

Ein Glockenzeichen ertönte. Heimdirektorin Dr. Carmen Mönning trat an das Pult, vor dem auf einem Schemel vier rote Kerzen an einem kleinen Adventskranz brannten, und hielt eine kurze Begrüßungsansprache. Die war so lustig, dass die Zuhörerinnen und Zuhörer lachend applaudierten. Dann kamen die Männer vom Geigenquartett im Gänsemarsch in den Saal spaziert.

Tanja war hellwach. Sie sah, dass Axel Blaschke, der Leiter des Gospelchors, seine Gitarre auspackte und den Kasten hinüber zu Mirjam reichte. War das das entscheidende Zeichen? Mirjam huschte mit der Gitarrenverpackung davon. Nun wurde es für Tanja Zeit, den Detektiven heimlich die Hintertür zu öffnen. Wenn sie die Diebstähle verhindern wollten, durften sie jetzt keinen Fehler machen.

Schnappt die Falle der Detektive zu?

Lies morgen weiter!

24. Dezember

Das Spiel ist aus

Endspurt! Jetzt ging alles schnell wie im Zeitraffer. Maik huschte über die Treppe zur ersten Etage hinauf, denn den Aufzug konnte er selbstverständlich nicht nehmen. Bloß kein Geräusch! Er fand Deckung hinter einer mindestens drei Meter hohen Marmorstatue.

Als sich Schritte näherten, hielt er den Atem an. Eine schlanke Person in grauem Hausmeisterkittel eilte vorbei, einen großen Eimer in der linken Hand, irgendein Werkzeug in der rechten. Sie sah ganz harmlos aus. Doch Maik ließ sich nicht täuschen. Die Person im Hausmeisterkittel war Rocky!

Plötzlich stand am Ende des Ganges ein ziemlich kleiner Mann in rot-weißem Bademantel und schwarzer Schlafanzughose: Otto Blaschke, der angeblich krank im Bett lag! Er zischte Rocky etwas zu und zeigte auf eine Zimmertür. Rocky stellte hastig den Eimer ab. Gefummel an der Tür. Das Schloss klickte. Der Raubzug hatte begonnen. Mit zittrigen Fingern betätigte Maik seine Handykamera. »Cool bleiben!«, beruhigte er sich selbst flüsternd.

Zur gleichen Zeit schlich Mirjam mit dem leeren Gitarrenkasten zu den Garderobenständern nahe der Lifttür, um sich dort zu verstecken. Fast zu Tode erschrocken zuckte sie zusammen, als sie plötzlich eine Mädchenstimme hörte.

Jenny, von Tanja informiert, flüsterte eindringlich aus dem Hintergrund: »Lauf zum Ausgang an der Rückseite! Schnell! Du willst doch rauskommen aus diesem Scheißspiel, oder? Wir helfen dir!«

Willenlos wie eine Schlafwandlerin tat Mirjam, was die Stimme ihr befohlen hatte. Als Jenny dann auf einmal vor ihr stand, schrie sie leise auf: »Wa-wa-was willst du denn von mir?«

»Wir haben jetzt keine Zeit für Erklärungen.« Jenny streckte die Hand aus. »Los, gib mir den Schlüssel zur Siechenkapelle! Ich sagte doch: Wir helfen dir. Meine Freunde und ich, wir wissen alles. Du willst doch nicht wirklich dabei mitmachen, die alten Leute zu beklauen.«

Halb trotzig, halb weinerlich stotterte Mirjam drauflos. »W-w-weil wir doch 'ne Firma gründen wollen, Rocky und ich ... Und da braucht man ja Startkapital ... Axel, Axel Blaschke, der hatte plötzlich 'nen Plan und mein Freund hat mich überredet mitzumachen ...« Nun fing Mirjam wirklich an zu weinen. »Aber als die Polizei dann im Bus aufgetaucht ist, hab ich Panik bekommen und wollte den Schlüssel nur noch loswerden. Da hab ich ihn dir beim Aussteigen schnell in den Rucksack gesteckt. Deswegen haben Rocky und ich uns auch furchtbar gestritten. Der Schlüssel ist dann ja wieder aufgetaucht, aber jetzt will ich nicht mehr mitmachen! Das ist doch gemein, alten Menschen ihr Gespartes zu klauen ...«

Jenny packte Mirjams Arm. »Reiß dich zusammen und hör auf zu weinen! Klar ist das gemein, darum wollen wir dir doch auch helfen! Wenn dein Freund Rocky dich zu 'ner Straftat angestiftet hat, dann ist er ein feiger Idiot. Und wenn der geldgierige Axel Blaschke euch für seine hinterhältige Aktion missbraucht, dann ist er ein oberfeiger Oberidiot.« Jenny stemmte wütend die Fäuste in die Hüften. »Und wenn der ausgekochte Opa Blaschke für seinen miesen Enkel Axel auch noch die Opfer auskundschaftet, dann ist der ein oberoberfeiger Oberoberidiot. So, jetzt gib mir den Rochusschlüssel! Es sollte doch dein Job sein, die Beute mit dem Gitarrenkasten in die Siechenkapelle zu schaffen, oder?«

Mirjam nickte nur und hielt Jenny den alten verschnörkelten Schlüssel hin. »Willst du mir deine Handynummer geben? Für den Notfall?«, fragte sie Jenny dann.

»Sicher.« Jenny erledigte das ruckzuck. Sie musste sich beeilen, denn Julian brauchte jetzt den Gitarrenkasten.

In der Zwischenzeit schlich Maik lautlos den beiden Dieben

nach, suchte Deckung hinter Blumenkübeln und Ruhesesseln und filmte, was das Zeug hielt. Er fühlte sich wie ein richtiger Meisterdetektiv. Auf Otto Blaschkes Zeichen hin öffnete Rocky hastig mit dem Hauptschlüssel Zimmer um Zimmer und kehrte mit Beutestücken zurück auf den Flur. Rocky huschte zur Treppe Richtung Obergeschoss. Den Eimer mit dem ersten Teil der Beute reichte er dem alten Mann.

Otto Blaschke schaute noch einmal nach rechts und nach links und drückte dann den Knopf beim Aufzug, um den wertvollen Inhalt des Eimers in den Gitarrenkasten zu entleeren. Doch dann, als sich die Tür summend öffnete, blieb ihm der Mund offen stehen. Denn da stand nicht Mirjam, wie es zum Plan gehörte, sondern ein grinsender Junge.

»Vielen Dank!« Julian riss dem Mann im Bademantel den Eimer aus der Hand, und bevor der begriff, was geschehen war, schloss sich die Fahrstuhltür schon wieder und der Lift rauschte abwärts.

Rasch füllte Julian den Eimerinhalt um. Er ließ den Aufzug nicht im Erdgeschoss anhalten, sondern fuhr hinunter bis in den Keller, um der Polizei, die sich sicher schon postiert hatte, nicht zu begegnen. Auch wenn die Kripoleute unsichtbar geblieben waren, hatten die Jungs ihre Nähe gespürt.

Ganz vorsichtig, damit es keinen Lärm machte, klinkte Julian wie vereinbart ein Kellerfenster an der Westseite des Hauses auf.

Carlo wartete schon ungeduldig hinter welken Blumenstauden. Fest griff er zu, als Julian ihm den Gitarrenkasten durchs Fenster reichte. »Okay, auf zum Endspurt! Wir treffen uns bei der Kapelle.« Carlo rannte mit dem Diebesgut los. Keuchend ließ er den schweren Kasten vor der Kapellentür fallen, schloss die Tür auf und schob den Gitarrenkasten samt Inhalt in die düstere Kapelle.

Und da kamen auch schon die anderen jubelnd quer über die große Wiese zur Kapelle gesprintet. Sie hatten gewonnen!

Noch vor der Polizei hatten sie die Diebe entlarvt, jede Menge Beweise gesammelt – und Mirjam vor einer riesengroßen Dummheit bewahrt. Glücklich lachend klatschten sie die Hände in der Luft zusammen: »Einer für alle – alle für einen!« Ein verzwickter Detektivfall war aufgeklärt!

Sie blieben ganz cool, als das Polizeiauto den Spazierweg heraufgehoppelt kam. Kriminalkommissar Großeschulte war noch nicht ganz ausgestiegen, da brüllte er schon: »Die Behinderung polizeilicher Ermittlungen ist eine schwere Straftat! Ich werde euch zur Verantwortung ziehen. Wisst ihr nicht, dass es gefährlich ist ...« Der Kripomann erklärte, dass Otto Blaschke früher ein polizeibekannter Gangster gewesen sei, dem man aber nie etwas nachweisen konnte, und dass sein Enkel Axel wegen verschiedener Betrügereien einen Prozess am Hals habe und dringend Geld brauche. Rocky Trimmel und Mirjam Svoboda erwähnte er nicht.

Maik nutzte einmal wieder sein schauspielerisches Talent: »Aber Herr Hauptkommissar! Wir wollten der Polizei doch nicht in die Quere kommen, das hätten wir nie gewagt. Aber als wir merkten, dass die Diebe zuschlagen würden, da mussten wir doch sofort handeln.« Maik zeigte auf die Kapellentür. »Da steckt der erste Teil der Beute drin. Den Rest wird die Polizei sich ja geschnappt haben – und die Diebe auch. Unsere Beweismittel stellen wir Ihnen selbstverständlich zur Verfügung.«

»Das will ich auch schwer hoffen!«, brummte Kommissar Großeschulte. »Und morgen früh um zehn Uhr kommt ihr zu mir ins Präsidium.« Dann murmelte er: »Ich muss zugeben, ihr seid ganz schön clever.«

Jennys Handy zwitscherte. Eine WhatsApp-Nachricht: *Ich war wirklich eine blöde Kuh! Danke, dass ihr mir geholfen habt!* Darunter zwischen zwei Tannenbäumchen. *Ich wünsche euch FROHE WEIHNACHTEN!*

Jo Pestum

Eine diebische Weihnachtsbescherung

Ein Weihnachtskrimi in 24 Kapiteln

Im ganzen Ort redet man über den Diebstahl von Bauer Jakobs wunderschöner Fuchsstute Lacrima kurz vor Weihnachten. Ob da wohl gemeine Tierhändler dahinter stecken? Laura hat eine andere Vermutung. Zusammen mit den Spürnasen Nick und Noah versucht sie, den Dieben auf die Spur zu kommen, bevor sie mit Lacrima auf und davon sind.

Jo Pestum

Die falschen Rauschgoldengel
Ein Weihnachtskrimi in 24 Kapiteln

Als Josa eines Abends im Kloster Licht brennen sieht, wird er sofort misstrauisch – es ist doch seit Langem verboten, die Ruinen zu betreten?! Zusammen mit seinem besten Freund Simon nimmt er die alten Gemäuer unter die Lupe und findet dort seltsame Engelsgewänder. Schnell kombinieren die zwei Detektive, dass dahinter kriminelle Machenschaften stecken müssen. Und dann sehen sie eine Gruppe von Engeln auf dem Weihnachtsmarkt …

Arena
200 Seiten
Gebunden • Mit perforierten, geschlossenen Seiten
ISBN 978-3-401-60148-9
www.arena-verlag.de

Jo Pestum

Weihnachtsspuk um Mitternacht
Ein Weihnachtskrimi in 24 Kapiteln

David ist entsetzt: Bei seiner Oma Tilde spukt nachts ein riesiger Engel und singt schrecklich schräge Weihnachtslieder. Zum Fürchten findet er das! Zusammen mit Marie, Nana und Fabian macht David sich auf die Jagd nach der unheimlichen Erscheinung und begegnet dabei rätselhaften Dunkelmännern, schmierigen Immobilienhändlern und skrupellosen Trickbetrügern.

Arena

200 Seiten • Arena Taschenbuch
Mit perforierten,
geschlossenen Seiten
ISBN 978-3-401-50484-1
www.arena-verlag.de

Jo Pestum

Die Jagd nach dem Weihnachtsgespenst

Ein Weihnachtskrimi in 24 Kapiteln

Im Laden der netten Frau Käfer geht es nicht mit rechten Dingen zu, das spürt Lisa genau. Die sonst so fröhliche Dame wirkt plötzlich ängstlich und nervös. Als Frau Käfers Kater spurlos verschwindet, weiß Lisa, dass ihr detektivischer Spürsinn gefragt ist. Zum Glück hat sie Freunde, die ihr bei den Ermittlungen helfen. Im Schneegestöber beobachten sie eine unheimliche Gestalt. Steckt hinter all dem etwa ein Gespenst ...?

Arena

200 Seiten • Gebunden
Mit perforierten, geschlossenen Seiten
ISBN 978-3-401-60037-6
www.arena-verlag.de